天空虽不曾留下痕迹,但我已飞过。

——泰戈尔

大作家讲的小故事

秘密财宝

［印度］泰戈尔 著
董友忱 等 译

图书在版编目(CIP)数据

秘密财宝/(印度)泰戈尔(Tagore,R.)著;董友忱等译.—北京:北京大学出版社,2013.1
(大作家讲的小故事)
ISBN 978-7-301-21799-3

Ⅰ.①秘… Ⅱ.①泰…②董… Ⅲ.①短篇小说－小说集－印度－现代 Ⅳ.①I351.45

中国版本图书馆 CIP 数据核字(2012)第 304548 号

书　　　　名:	秘密财宝
著作责任者:	［印度］泰戈尔　著　董友忱等　译
点评文字撰稿:	廖　珊
丛 书 策 划:	邹艳霞
责 任 编 辑:	邹艳霞
标 准 书 号:	ISBN 978-7-301-21799-3/I·2571
出 版 发 行:	北京大学出版社
地　　　　址:	北京市海淀区成府路 205 号　100871
网　　　　址:	http://www.pup.cn　新浪官方微博:@北京大学出版社
电 子 信 箱:	zyl@pup.pku.edu.cn
电　　　　话:	邮购部 62752015　发行部 62750672　编辑部 62767857 出版部 62754962
印 刷 者:	北京大学印刷厂
经 销 者:	新华书店
	650 毫米×980 毫米　16 开本　12.75 印张　150 千字 2013 年 1 月第 1 版　2015 年 11 月第 5 次印刷
定　　　　价:	22.00 元

未经许可,不得以任何方式复制或抄袭本书之部分或全部内容。
版权所有,侵权必究
举报电话:010-62752024　电子信箱:fd@pup.pku.edu.cn

目 录 Contents

秘密财宝	1
女乞丐	23
移交财产	39
莫哈玛娅	51
乌云和太阳	61
客人	91
喀布尔人	113
放假	125
河边台阶的诉说	135
拉什摩妮的儿子	147
素芭	189

秘密财宝

李缘山 译

● 带着问题读一读，你会收获更多 ●

1. 出家人把穆里顿焦依留在地道和金库里，却又一次次返回，为什么？
2. 面对财宝，穆里顿焦依最后却选择了放弃，为什么？试着想一想，假如你面临这样的抉择，你会如何选择？

大作家讲的小故事

　　朔日深夜。穆里顿焦依按照印度教苦修者的规矩，盘腿打坐，向他们家族由来已久的庇护者——迦梨女神祈祷。祈祷完毕起身时，从附近的芒果园中传来了清晨的第一声乌鸦啼叫声。

　　穆里顿焦依回头瞧去，庙门依然紧闭着。他再次拜倒，把额头贴在女神的脚面上，然后移动神像的底座，从下面取出一个菠萝蜜木的精致盒子。穆里顿焦依用身上佩带的婆罗门圣线上系着的一把钥匙打开盒子。往里一看，大吃了一惊，急得用手猛敲自己的脑门。

　　后花园的四周绕着院墙，穆里顿焦依家祈祷用的庙堂就坐落在花园一角几棵大树的绿荫下。庙里除了迦梨女神像以外，别无他物，庙门也只有一扇。穆里顿焦依翻来覆去摆弄着盒子，查找了很久。在他开盒之前，盒子是上着锁的，而且没有撬锁的痕迹。穆里顿焦依绕着神像转了足有十圈，摸来摸去，仍然一无所获。自己却已经晕头转向，发了疯似地打开庙门，这时天色刚刚破晓。仍不死心的穆里顿焦依，又一个劲儿地围着庙堂的四周找起来。

　　天光大亮的时分，穆里顿焦依走到外面的杜尔伽女神的祭坛旁坐下。双手抱头，苦苦思索起来。经过彻夜不眠的辛劳，他困得打起盹来。就在这时，他突然被惊醒，听到有人唤道："善哉，施主！"

　　只见庭院内站着一位出家人，久未梳洗的长发乱搅在一起，扭结成一个个疙瘩。穆里顿焦依虔诚地双手合十向他致礼，出家人把手放在他的头上向他祝福，说道："施主，你内心正经受着一种无谓的煎熬。"

　　听了这话，穆里顿焦依大吃一惊，说道："您可以看透人心，

不然怎么会知道我心里的痛苦？我可一点儿也没向别人说过。"

出家人说："孩子，我觉得，你应该为有所失而高兴，不应该为此悲伤。"

穆里顿焦依抱住那出家人的双腿求道："您肯定已经知道一切——它是如何丢失的，又在哪里可以找到？如果您不告诉我，我就一直抱住您不放！"

那出家人道："如果我希望你倒霉，我就会告诉你。但这次是女神开恩把它收走的，你不必为此伤心！"

穆里顿焦依为了取悦出家人，忙活了一天，想尽办法讨他的欢心。第二天一大早，他特地从自家的牛棚里挤了满满一铜罐泛着泡沫的牛奶送过去，但出家人却已不辞而别了。

二

当穆里顿焦依还是个孩子时，有一天，他的爷爷霍里霍尔坐在杜尔伽女神祭坛边上吸烟，也是这样一位出家人，口颂着"善哉，施主"，走进院子，来到他跟前。霍里霍尔让那位出家人在家里住了好几天，侍奉得也十分周到，使他非常满意。

临别时，出家人问："孩子，你想要什么？"

霍里霍尔说："大师，如果您满意的话，就请听我讲一下我家的事儿。很久以前，我家曾是这个村里的首富，我的曾祖父从远方招赘了一名出身高贵的良家子弟，把自己的一个女儿许配给了他。到了他外孙这一辈，这个家族对于现在的我竟然忘恩负义了，到今天他们反而成了这个村子里最富有的人家。现在我们家的处境每况愈下，不得不忍受他们的盛气凌人。现在我们可以说是忍无可忍了，请您指点一条明路让我们的家族复兴起来，请赐予我们这种祝福吧。"

大作家讲的小故事

那出家人微微一笑道:"孩子,穷有穷之福,我看不出成为大户有什么好处?"

然而霍里霍尔仍然不肯放弃,为了家族的荣耀,他宁愿承受一切。

出家人从包袱里取出一张用布裹着的棉纸卷,纸很长,上面有字,像是一卷占星图似的东西。出家人将纸在地上摊开,霍里霍尔定睛看去,那上面圆圆圈圈地画着许多图符,在最下方是一首长诗,开始的一段是这样的:

抱足求乞啊,

Radha去Ra,

后边加Ra,

疯汉松开脚吧。

榕树怀抱罗望子,

你向南面走去,

东北角上有伊沙妮①,我把这一暗示告诉你。

霍里霍尔道:"大师,我可一点儿也不明白。"

那出家人道:"你把这纸卷收好,向女神祈祷吧!女神将会因此而对你施恩,总有一天,在你们家族中会有人破解其中的奥妙,到那时这个人就能获得举世无双的财富。"

霍里霍尔央求道:"大师,你能否说得再明白一些?"

出家人道:"不,只有刻苦修行才能顿悟天机。"

这时,霍里霍尔的小弟弟尚戈尔走过来。看见他,霍里霍尔急忙想把纸卷藏起来。那出家人却笑道:"发家致富、光宗耀祖的艰难道路从此开始,不必遮遮掩掩。只有一个人能揭开其中的奥秘,别人都是白费心机。这个人到底是你们之中的哪一个,现在谁也不

---

① 伊沙妮:湿婆大神的妻子,又称杜尔伽女神。

知道。因此，你尽可以在大家面前敞露它，一点儿也不必担心。"

出家人走了。不把纸卷藏起来，霍里霍尔是怎么也不会安心的，他担心有人可能从中渔利，还担心弟弟尚戈尔享受这份果实。带着这种焦虑，霍里霍尔把棉纸卷锁在了一个菠萝蜜木盒内，然后把盒子藏到他们家族的保护神——迦梨女神塑像的底座下面。每月朔日的午夜，向女神祈祷完以后，霍里霍尔总要打开棉纸卷看看，渴望着有朝一日，女神会被他的虔诚祈祷所感动而赐予他领悟这纸卷上诗句奥秘的能力。

有一段时间，尚戈尔一直在央求霍里霍尔："哥哥，让我也看一看那张纸吧，求求你！"

霍里霍尔拒绝道："哪有什么纸！不过是出家人的骗人把戏，在纸上歪歪扭扭地乱涂乱写一气，那张纸早让我给烧了。"

尚戈尔不再吱声了。突然有一天，家里见不着尚戈尔了，他从此失踪了。

打这以后，霍里霍尔整日无所事事，一刻不忘的只是冥思苦索他那财宝的秘密。

临终前，他把出家人给他的那张纸传给了他的长子谢玛波德。

得到这张纸后，谢玛波德马上辞掉了自己的工作，一头扎进了对迦梨女神的膜拜和对那段神秘文字的诵读与破解之中，连他自己也搞不清，究竟是怎样糊里糊涂地度过了自己的一生。

穆里顿焦依是谢玛波德的长子。父亲去世后，他就成为神秘天书的继承人。随着他的家境每况愈下，他愈加专心致志地埋头于纸上的那篇奇文。正在这个时候，在这个朔日之夜对女神的祈祷膜拜之后，突然发现写有奇文的棉纸已经不翼而飞，而突然出现的那个神秘的出家人也不辞而别，仿佛不曾存在过似的。

穆里顿焦依对自己道："事情离不开这僧人，只有从他身上着

大作家讲的小故事

手，才能揭开全部奥秘。"

于是，穆里顿焦依立即从家里出发，四处寻访那出家人，一年的时光很快就在寻访之中度过了。

三

路经一座名叫陀罗戈尔的村庄，穆里顿焦依坐在一家小店里，一边吸着水烟，一边心不在焉地想着心事。忽然，一位出家人从不远处那片旷野的边沿走过。最初，穆里顿焦依并未在意，但过了一会儿，他忽然想起来：刚刚过去的不正是他要找的那位出家人吗？他迅速放下水烟袋，一个箭步冲出店门，把店主吓了一跳。但那位出家人却早已不见踪影。

这时，暮色渐渐降临。在这人生地不熟的穷乡僻壤，到哪里去找那个出家人呢？穆里顿焦依一时举棋不定。他回到店里，向店主问道："从这里看见的那大片林子里都有些什么？"

店主答道："很久以前，那片森林曾经是座城市，但由于大仙阿迦斯特耶的诅咒，那里的国王和臣民统统染上瘟疫死光了。据说，那里至今仍可以找到许多财宝，但就是在大白天也没人敢进那片森林。因为凡是进去的人，没有一个回来的。"

穆里顿焦依动心了。躺在那小店的凉席上，他整整一夜没睡好。一边不断地拍打全身，驱赶着可恶的蚊子，一边苦苦思索着种种神秘离奇的事情：恶林、出家人和那不翼而飞的一纸奇文。那篇东西他读过多遍，几乎能倒背如流。因此，在这不眠之夜，奇文中的诗句不停地在他脑子里翻江倒海：

抱足求乞啊，
Radha去Ra，
后边加Ra，

疯汉松开脚吧。

穆里顿焦依的头热得厉害——怎么也不能把这些古怪的诗句从脑子里清除。直到天亮,他才勉强打了个盹儿,然而在睡梦中,这四行诗的秘密竟轻而易举地被他解开了:"罗陀(Radha)"词首少了"罗(Ra)",因此只剩下了"陀(Dha)",在后面加上一个"罗(Ra)"字,因此这个词便成了"陀罗(Dhara)";"疯子(Pagol)"一词之中去掉"脚(Pa)",便只剩下"Gol";最后把"陀罗(Dhara)"同"Gol"加在一起,就成了"Dharagol"(陀罗戈尔),这不正是这个村庄的名字"陀罗戈尔"吗?

梦醒后,穆里顿焦依高兴得跳了起来。

四

穆里顿焦依在密林中转了整整一天,没吃没喝,直到晚上才寻路返回陀罗戈尔,他已筋疲力尽,简直像死人一样。

第二天,他用身上披的布单包了一些加工成扁平状的炒米,随身带上,再次进入那片森林。下午,他来到一个小湖边。湖水中央清波悠悠,靠近岸边的水面铺满了红色和白色的睡莲,湖的四周野径环绕。岸边一处伸到湖水中的石阶已经破损,穆里顿焦依顺阶而下,用湖水泡了些炒米吃了,然后绕湖而行,向四周察看。

行至湖的西岸,穆里顿焦依惊讶地停住了脚步,只见一棵罗望子被参天的大榕树环绕,相拥而生。他立刻想起那首奇诗的另外两行:

榕树怀抱罗望子,
你向南面走去。

他向南走了不远就进入一片茂密的丛林。在那里野藤、灌木丛生,要想穿过去再向前走已无可能。无论如何,穆里顿焦依还是打

大作家讲的小故事

定了主意：要想事成，离不开那棵榕树。

回到那棵大榕树下，穆里顿焦依忽然透过树枝的缝隙隐约望见一座庙宇的尖顶。循着尖顶的方向而去，穆里顿焦依来到一座破庙前。庙前有一只旧火炉，炉内留有未燃尽的木柴和烟灰。他小心翼翼地从残破的庙门往里窥探，里面空无一人，也没有神像，只有一条毛毯、一只钵盂和一条褐色的布披肩。

这时，天色已经昏暗，夜幕即将降临。本来，穆里顿焦依心想，此处离他住宿的陀罗戈尔很远，天黑以后在林中不知能否找到回去的路，因此当突然发现这破庙里有人居住的痕迹，他不禁喜出望外。庙门旁横着一块巨石，是从庙墙上掉下来的，已经摔裂。他坐在巨石上，低头沉思。忽然，发现那石上似乎刻有东西。他把头压低，仔细察看，只见石上刻凿着法轮般的一个图案，就像一个大圆盘，上面刻有字符，有的十分清晰，有的已经模糊。

穆里顿焦依对这圆盘图符非常眼熟。

在多少个朔日的深夜，他进入自家的小庙，烧香拜神，在白烟的缭绕馨香中，在圣洁的油灯下，他曾俯首细看那张棉纸，曾经揣摩过这圆盘图符的奥秘。他全心全意地供奉女神，顶礼膜拜，指望得到神明的指点。今天，当自己已经非常接近所期待的目标时，他却不禁浑身发起抖来。可别快到岸时还翻船，可别稍有疏忽而前功尽弃，可别让那出家人捷足先登而取走财宝呀！种种顾虑使他心潮起伏，忐忑不安。他有些手足无措，觉得可能自己就坐在宝库的上面，但却一点也不知道。

他就这样一直坐着，口中不断念着迦梨女神的名字。

夜色愈浓，林中到处响起蟋蟀的唧唧鸣声。

五

这时,在不远的密林中,有火光闪动。穆里顿焦依从他所坐的巨石上站起来,向那火光走去。

好不容易找到那里,躲在一棵大菩提树上窥探,火光中清楚地看到他要找的那个出家人正在树下,对照一张摊开的棉纸,用一根细树枝在灰烬上聚精会神地划着,像在计算着什么难题。

这不正是穆里顿焦依祖传的那张棉纸吗?骗子,窃贼!怪不得他不让穆里顿焦依为失去图纸而悲伤!

出家人一边计算着,一边用一根标尺测量着土地——才量了几步他就失望地摇了摇头,回过来重新开始计算。

时间就这样在黑暗中渐渐消逝。夜尽时分,凉风拂动着树梢的枝叶,发出阵阵沙拉沙拉的声响。这时,出家人收起那卷纸起身离开。

穆里顿焦依一时想不出如何是好。他当然已经看出:没有出家人的帮助,他是绝不可能揭开那纸图文的奥秘的。但他又深信,那贪心的出家人是不会帮助他的。于是,只好自己在暗中追查了。但无论如何早上必须回村里一趟,因为他已经一天没吃饭了。

黎明将近,夜色刚刚变得淡薄,穆里顿焦依就迫不及待地从树上跳下。他仔细查看了出家人用细枝在灰烬上划过的痕迹,但看不出什么名堂。他又绕行四周,仔细察看,这里同森林中其他地方相比并没有什么特别。

森林中的黑暗渐渐消失,穆里顿焦依一边小心翼翼地环顾着四周,一边向陀罗戈尔村走去。他胆战心惊地想:可别让那出家人看见自己。

在村里他曾住宿过的那家小店附近,恰好有一个文书种姓人家的主妇对神烧香许愿,宴请婆罗门。穆里顿焦依趁机饱餐了一

大作家讲的小故事

顿。几天来，他一直奔波不停，忍饥挨饿，因此他这顿饭狼吞虎咽地吃得特别香。填饱肚子以后，他想吸几口烟，在店里的凉席上稍事休息，结果因为昨晚熬了个通宵，困倦之极，一躺下就进入了梦乡。

按照穆里顿焦依原来的打算，他早早吃完饭，白天尚有足够时间赶回森林。但事与愿违，当他一觉醒来，太阳已经西下。可是他仍不甘心，在朦胧的暮色中，再次进入密林。

转眼间，已是夜幕沉沉，伸手不见五指。树荫下一片漆黑，丛林中的道路已经模糊。穆里顿焦依辨不清方向，连他自己也不知在走向何方。直到黑夜消逝时，他才发现，整整一夜自己竟然只是在森林边缘的同一地段打转转。

一群乌鸦"呱呱"乱叫着，飞向林边的村庄。在穆里顿焦依耳朵里听来，这叫声仿佛是对他莫大的讽刺。

六

经过一次又一次计算的失误，又经过一次又一次的纠正，出家人终于发现了地道的入口，他手持火把进入地道。用石块砌起的墙壁长满了青苔，有些地方还在渗水，沿石缝往下滴漏。不少地方，许多蛤蟆相互挤叠成堆，正在酣眠。顺着又湿又滑的地道前行不远，他就发现迎面竖起的一堵墙正好阻住去路。这可把他难住了。他用铁钎在墙的上上下下每一部位用力敲击试探，但哪儿也没有发出空洞的响声。无疑，墙后没有空洞，地道就通到这里为止。

他又打开那张棉纸，用手摸着脑袋，苦苦思索起来。整整一夜，就这么过去了。

次日，出家人根据纸上的图符，重新估算之后，再次进入地道。这天，按照秘密图符的暗示，他从一个特别的地方，移开巨石,发现了地道的一条支线。沿支线继续前行,但走着走着,他又碰到了尽头。

最后,在第五天夜里,出家人进入地道后高声喊道:"我终于找准了路,今天再也不会搞错了。"

地道曲曲歪歪,而支线又有许多分支,简直没有尽头,有些地方狭窄得只能容人爬过。出家人小心地打着火把,好不容易到达一个圆形大厅样的地方。大厅中央有一眼深井,在火把的照耀下,出家人向井里望去,深不见底。从大厅的顶上垂下一条又粗又长的铁链,坠入井下。出家人用尽全力去摇那沉重的铁链。铁链只稍稍摆动,就听到"当"的一声沉闷的巨响从深不可测的井底传上来,在整个大厅久久回荡。出家人情不自禁地高呼:"找到了!"

他刚刚喊完,就有一块巨石从大厅凹凸不平的墙壁上滚落下来,随着石块坠地,还有一个活的东西也"吧嗒"一声跌落在地,同时还发出了惊叫声。出家人被这突如其来的声响吓了一大跳,连手中的火把也脱落到地上,熄灭了。

七

出家人问道:"谁?"但没有得到任何回答。于是他伸出双手在黑暗中摸索,很快就触及一个人的躯体。他推了推,问道:"你是谁?"

仍然没有回答,那人已失去了知觉。

此后,出家人用火石打火,费了好大劲才把火把点着。这时,跌在地上的人已恢复了知觉,还挣扎着想爬起来,但却疼得哀叫起来。

出家人认出了他,说道:"啊,这不是穆里顿焦依嘛!你怎么会这样?"

穆里顿焦依道:"大师,宽恕我吧!这是上天对我的惩罚。我

大作家讲的小故事

搬起石头想砸你，结果自身把持不住平衡——打了个滑，连人带石头掉了下来。我的腿一定跌断了。"

出家人道："砸死我对你有什么好处吗？"

穆里顿焦依道："你还问我有什么好处！是你自己不知起了什么贪心，从我家的小庙偷走了那张棉纸，钻进这个地道探宝。你是窃贼，是骗子！把这纸秘密图文赠送给我爷爷的那位出家人曾留下话：我们家族中会有人破解这张图文的奥妙，这秘密财宝该由我们家族获得。因此这几天我不吃不睡，一直像影子似的跟踪着你。今天当你喊出'找到了！'的时候，我再也控制不住自己，我爬到你后面墙壁上的这个凹洞里躲了起来。我用力推动一块石头想砸死你，但我的身体过于虚弱，地又太滑，所以就连人一起掉了下来。现在你如果打死我，那也好——我将变成夜叉来守护这财宝——而你无论如何也不能取走财宝。如果你企图取宝，我身为婆罗门，将对你诅咒，然后跳井自尽。这财宝对你来说将变得像婆罗门的血和圣牛之血一样，你永远也不能舒舒服服地享受这份财宝。我的父亲和爷爷都是为了寻找这财宝尽心尽力而死，我们全家都一门心思地苦苦想着这财宝，结果落得倾家荡产。为了寻找这份财宝，我撇下家里的妻子和幼儿，置他们于孤苦伶仃之中而不顾，自己却像倒霉的疯汉一样，废寝忘食地在茫茫原野和江湖上漂泊流离，我绝不能眼睁睁地看着你把这份财宝取走。"

八

那出家人道："穆里顿焦依，你听我把全部的内情告诉你吧！你知道，你的爷爷有个亲弟弟，名叫尚戈尔。"

穆里顿焦依点头道："是的，但他离家出走，早已不知去向。"

出家人道："我就是那个尚戈尔。"

大作家讲的小故事

穆里顿焦依感到希望破灭，长长地叹了口气。在此之前，他一直还以为，唯有他才有资格占有这秘密的宝藏，但现在突然又冒出一位自己家族的成员，破坏了他的这一权利。

尚戈尔说："哥哥从出家人那里获得这卷图文后，一直企图对我隐瞒。但他愈是遮遮掩掩，我的好奇心就愈加强烈。他把这份图文藏匿在女神塑像的底座下面的一个盒子里，我探察出这一情况，并配制了第二把钥匙。我每天一点点地抄写这份秘密图文，在复制完毕的那一天我就离家出走，去探寻财宝了。我也撇下了家中的妻子和一个年幼的孩子，他们无依无靠，都没有活下来。

"我四处漂泊，历尽艰难险阻，这些都已无须细述。我想，总会碰见一位出家人能给我把那位出家人所留的图文解说清楚。为此，我先后侍奉过许多位出家的僧侣。有许多伪善的出家人得知我拥有这样一张图文后，就企图窃为己有。光阴就这样一年年地过去，我的心灵一刻也不得安宁，我的生活毫无幸福可言。

"多亏前世积德，我终于在库马云山遇到了绍鲁巴南德·斯瓦米大法师。大师对我说：'孩子，抛弃这执著的欲望吧！只有这样，天地间的永恒财富才会奉献于你。'

"法师使我那灼热的心冷静下来。由于大师开恩指点，天空的光辉和大地的碧绿对于我都成了宝贵的财富。在一个寒冷的傍晚，在山岩下，波罗摩鸿斯大法师的圣火堆正在燃烧——我把那纸图文扔进了火中。法师微微一笑，当时我还不明白他微笑的含义。今天我明白了，他内心一定在说，把纸烧成灰容易，但欲望却不能如此轻易地化为灰烬。

"当那张纸已不留任何痕迹时，团团缠绕在我心头的那条蟒索，仿佛一下子完全解开了。我的内心充满了解脱后的空前欢乐。我心想：从此，我已没有任何事情需要担心的了！在这个世上我再

14

也无所求了!

"此后不久,我失去了与波罗摩鸿斯大法师的联系。我找了他很久,但哪儿也不见他的踪影。

"从此,我自己成为一名出家的僧侣,怀着对一切十分淡薄的心情,云游四方。许多年过去了——关于那纸图文的记忆几乎从我的意识中完全消失了。

"就这样,有一天,我漫游到陀罗戈尔的森林,在林中的一座破庙栖身。没住一两天就发现,庙墙上有许多地方刻有各种各样的符号,这正是我原先熟悉的符号。

"曾几何时,我曾久久为探寻这一秘密而四处奔波,而现在毫无疑问我已经找到这一秘密的所在。我对自己说:'这里不能再住下去了,我必须离开这片森林。'

"但我最终还是没有离去。我想:'为何不看看到底有些什么呢?还是满足一下好奇心吧。'于是,我对这些符号进行了反复的推敲琢磨,但没有任何结果。因此我心里一次又一次地感到懊悔:当初为什么要烧掉那张棉纸呢?如果保存到今天该有多好!

"于是,我又返回了我出生的村庄。看到我们家族祖传基业败落的凄凉景象,我心想,我是个出家人,不需要什么财宝,但这个破落的家族却还拖家带口地在尘世中挣扎,如果我能为他们发掘出那份秘密的宝藏,又有什么罪过呢?

"我晓得那张秘密的图文放在什么地方,我毫不费力地得到了它。

"然后我返回这片森林,整整一年的时间在这里对照这些图符进行计算和探寻。我一心扑在这上面,别的什么也顾不上了。越是一次次地受挫,我的热情就越发强烈。我日以继夜,发疯似的埋头于探寻宝藏的努力之中。

"至于在这期间你是什么时候盯上我的,我一点也没有觉察。

大作家讲的小故事

倘若我处在冷静清醒的状态，那你就无论如何也瞒不过我。但我正处于陶醉痴迷的状态，所以其他任何情况都没能引起我的注意。

"后来，我终于在今天发现了我所探寻的东西。这里有着比世界上任何帝王的宝库里还要多的财富，只要再破解一个符号的秘密，就可以得到这份举世无双的财宝了。

"但这个符号的奥秘是最难破解的。不过即使这样，在我心里也知道了这暗示的含义。所以我兴奋地大喊：'找到了。'只要我愿意，我立刻就能踏入堆满黄金和珠宝的宝库。'"

穆里顿焦依抱住尚戈尔的脚说："你是出家修行的人，财富对你没有任何用处，带我到宝库中去吧！不要剥夺我的权利！"

尚戈尔道："今天我的最后束缚已经被解开了。你推下石头想砸死我，所幸石头没有击中我的身体，但它却揭开了蒙蔽我目光的一层迷雾，让我今天看清了贪婪的狰狞面目。我师尊波罗摩鸿斯大法师那含义深远的微笑直到许久后的今天才在我内心点明福乐圣灯的不熄光焰。"

穆里顿焦依抱住尚戈尔的脚，再次用哀求的口气说："你是自由的出家人，而我只是个不自由的世俗之人，我不需要什么解脱，请你不要剥夺我获得这份财富的权利。"

出家人道："孩子，那你就拿上这张纸，如果你能找到财宝，你就取走吧！"

说完话，出家人留下那把拐杖和那纸图文，自己飘然离去。穆里顿焦依向着他的背影道："可怜可怜我，别把我抛下，请给我指条路吧！"

无人回应。

无奈，穆里顿焦依只好拄起拐杖摸索前行，竭力想走出这段地道。但地道七曲八折，简直像个迷宫，走着走着就碰上死路。就这

样他在地道中转来转去,一次次地碰壁,最后走到一个地方,已经精疲力竭,倒在地上就睡着了。

当他醒来以后,搞不清现在是晚上还是白昼。他感觉饿极了,就打开披肩里裹着的炒米吃了起来。然后再次摸索着试图找到出路。然而结果又是在许多地方碰壁,他只好坐了下来,忽然发声大喊:"哎,出家人,你在哪里?"

他的喊声在地道的大大小小的支路里回荡着。忽然从不远处传来了回答:"我就在你的近旁,你想要什么就说吧!"

穆里顿焦依哀求道:"财宝在哪里?请你开开恩,指给我看吧!"

然而这次又没有答复。穆里顿焦依反复呼叫,但一直没有听到回音。

在这无法分辨时辰的永恒的地下黑暗之中,穆里顿焦依再次昏睡过去。当他再从黑暗中醒来,便又高声喊道:"喂,你在吗?"

回应从附近传出:"我就在这里。你想要什么?"

穆里顿焦依说:"我什么都不想要了,请把我从这地道救出去。"

出家人问道:"你不想要财宝了吗?"

穆里顿焦依道:"不,我不要了。"

这时,听到火石打火的声音,接着亮起了火把。

那出家人道:"穆里顿焦依,你跟着我,从这条道走出去。"

穆里顿焦依用哀婉的声调问:"大师,难道一切努力就这么白费了?经受这么多苦难之后依然得不到财宝吗?"

火把立刻又熄灭了。穆里顿焦依道:"你真无情!"说完只得坐下来苦思对策。时间无法估量,黑暗永无尽头。穆里顿焦依恨不能用尽身心的力量把这黑暗劈碎。向往着光明、蓝天和五彩缤纷的世界,他的心开始焦躁不安。他再次求道:"好吧,出家人,你这冷酷无情的出家人,我不要财宝了,请把我救出去吧!"

大作家讲的小故事

出家人道:"你真的不要财宝了?那就抓住我的手,跟我走!"

这一回,火把没有点燃。穆里顿焦依一手拄着拐杖,另一手抓住出家人的披肩,沿着曲折的隧道缓缓而行。绕了很长时间走到一处,那出家人道:"停下!"

穆里顿焦依随声站住。接着,听到生锈的铁门被打开的低沉刺耳的响声。出家人拉住穆里顿焦依的手喝了声:"来!"

穆里顿焦依跟着前行,好像走进了一个房间。这时,再次听到火石打火的声音。不一会儿,火把再次点亮,蓦然间一幅光彩迷离的景象展现在眼前!四周壁上砌着的厚厚的金板,射出太阳般耀眼的强光,地宫中的黑暗被一扫而光。穆里顿焦依被照得眼花缭乱,发疯似的叫起来:"这金子是我的,我绝不能抛弃它们!"

出家人道:"好吧,你不抛弃它。这火把就留给你,还有这些炒豆粉和炒米,还有一大罐水,这些都留给你。"

眼看着出家人缓缓走出门外,金库沉重的铁门也随即闭拢。

穆里顿焦依一遍遍摸着成堆的金子,兴奋地在屋子里狂走。他抓起一把把的金子扔到地上,又大把大把地往怀里装。他用金块敲击金块,听着它们发出叮叮咚咚的声响。后来,他干脆扑到金堆里去,享受着全身被金块触摸的快感。最后,他终于感到累了,就在地上铺了一张金床板,躺在上面睡着了。

醒来一看,四周依然金光闪闪,除了金子,别的什么都没有。穆里顿焦依心想:外面或许也正是天亮,飞禽走兽都在快乐地苏醒。在这个清晨,他们家水池旁的花园里微风习习,他好像已经闻到了扑鼻的馨香。恍惚中他仿佛看见:一只活泼的小鸭在晨曦中蹒跚漫步,叽嘎而鸣,快乐地跳入池中戏水;家中的女仆芭玛把纱丽撩起来缠在腰上,右手托着高高的一摞铜盘碟碗,走向池边。

想到这儿,穆里顿焦依猛捶铁门,并高声呼唤:"喂,法师,

你在吗?"

铁门再次开启。出家人问道:"你还想要什么?"

穆里顿焦依答道:"我想出去,难道就不能带上一两块金板吗?"

出家人没有回答。他又点起一支火把,留下满满一钵盂水和几把炒米给穆里顿焦依,然后走出去,铁门也随即关闭。

穆里顿焦依掰下一块薄薄的金板,用力折弯,又摔成碎片,然后抓起一把把的金子,像碎石一样向四周乱撒。忽而用牙齿狠咬金片,在上面留下深深的齿痕;忽而又把金板摔到地上,用脚猛踩。他心中说:像他这样把黄金随手乱扔、踩在脚下的帝王世间能有几位?他已经变成了破坏之王,他要摧毁一切。他想把成山的金子统统碾碎,像扫帚扫灭灰尘一样让金粉满天飞扬,他要用这种方式来嘲弄世上一切贪恋黄金的王公显贵!

就这样拧着、摔着、抛撒着金子,直至精疲力竭,又昏睡过去。睡醒后,自己的周围仍然是一堆堆的黄金。于是他又猛击铁门,拼命喊道:"喂,出家人,我不要金子啦,不要金子啦!"

但是铁门再没有开启。穆里顿焦依拼命地喊着、叫着,嗓音渐渐嘶哑,而那铁门依然紧闭。他抓起一块块的金子向门上猛砸,但都无济于事。穆里顿焦依的心里开始发慌:"难道那出家人真的不会再回来?难道我就这样被囚禁在这黄金砌成的牢房里,一点一点地枯竭、死去不成?"

这时他对黄金产生了恐惧。四周都是堆得高高的金山,一动不动地卧着,静得令人浑身发毛。这是一种嘲笑,没有声音的嘲笑。身处此情此景,穆里顿焦依有些六神无主,心狂跳起来。这些金山开始变得与他毫不相干,既不能与他同甘共苦,也没有丝毫情意。这些金子不需要光明,也不需要蓝天和空气,更不需要生命和自由。它们就在这永恒的黑暗中永远散发着冰冷的光,麻木无知!

大作家讲的小故事

现在，大地上可能黄昏已经降临。啊！那是金色的黄昏！那种金色只能在短暂的瞬间让人们一饱眼福，而进入黑暗的边缘时它就会洒泪而别。随后，夜幕初降时天边初现的星辰目不转睛地注视着乡间小院，牛舍的灯光亮起以后，主妇又会在屋角点起圣洁的晚灯，寺庙中传来晚祷的钟鸣。

这时，村里和家中的件件琐事又在穆里顿焦依的脑海中历历闪现。夜幕降临之后，他们家的那只名叫珀拉的狗可能正缩成一团，把头埋在尾巴中间，躺在庭院的角落里酣眠。此刻想到这一情景，他心头一阵阵酸楚。他接着想下去：在陀罗戈尔村他曾投宿的那间小店，此时油灯早已熄灭，店主应该已经关上店门，正逍遥自在地踱回他村中的家里用饭。想到这儿，他感到那店主是多么有福气！今天到底是什么日子？如果是星期日，那么，赶集的人们也正在各自回家，走在前边的高声呼唤着落后的伙伴，人们成群结队地来到渡口乘船过河。农民们踩着田埂小径，走过一个个村庄，沿着农舍小院竹篱旁的土路往家里走着，有人手上提着一两条鲜鱼，头上顶着笸箩，在苍茫的暮色中，借着天上星斗的微光急急赶路。

在大地上永远多彩的、生机勃勃的生活洪流之中，穆里顿焦依顿感在天地间自己的渺小与微不足道。大地上这实实在在的生活正穿透那层层的岩石与土壤，向他发出呼唤，召唤他投身到这洪流中去，与它融为一体！他感到，那生活、那天空和那光明要比世上的一切金银珠宝都要珍贵得多。此刻，他内心多么希望投入翠绿的大地母亲的怀抱。他期待着，在大地母亲的怀抱里，在明丽辽阔的蓝天下，在弥漫着青草枝叶芬芳的空气里，让自己短暂地然而却是尽情地做最后一次呼吸，哪怕自己随后死去，自己的生活才具有意义。

这时，门打开了。出家人走进地室说道："穆里顿焦依，你还

想要什么？"

穆里顿焦依答道："我什么也不想要了，我只想从这地道、从这黑暗、从这迷宫、从这黄金建筑的监狱里走出去。我要光明、天空和自由。"

出家人问道："这里可能还有比这金库更珍贵的宝库，不想去看看吗？"

穆里顿焦依答道："不，我不去。"

出家人又问："你难道连去观赏一下的好奇心都没有了吗？"

穆里顿焦依道："不，我看都不要看。我宁可成为衣不蔽体的乞丐，四处漂泊，也不愿在这里再多待一分钟。"

出家人道："好，你随我来。"

出家人拉着穆里顿焦依的手，领他到那深不可测的井口旁，把那纸图文交给了他，说道："你用这张纸去干什么呢？"

穆里顿焦依把纸撕得粉碎，扔进了井里。

1907年迦尔迪克月

"你应该为有所失而高兴，不应该为此悲伤。"泰戈尔短篇小说中有一个很重要的部分——哲理小说。作为印度文学中的代表作家，泰戈尔的短篇小说也不可避免地带上一些佛学色彩，但《秘密财宝》却颠覆了传统佛理文学和哲理小说的艰深表达，它用一个通俗明了的故事，向我们展示"得"与"失"之间的奇妙关系：有的时候，失比得更重要。因为你在得到的同时，也在失去。

大作家讲的小故事

　　《秘密财宝》同时还是一篇非常优秀的冒险小说，这在东方文学中是很难得的，我们可以看到如流水的行文中，有让人紧张窒息的高潮前奏，也有如江河浩瀚千里的开阔结局，而那些闪光的哲理思想，就隐藏在这些跌宕起伏的浪花中，等着你在阅读中慢慢发现。

女乞丐

董友忱 译

● 带着问题读一读，你会收获更多 ●

1. 奥莫尔没有生科莫尔的气，也没有责怪她，那他为什么走了？
2. "这个可怜的姑娘从一伙强盗手中逃出来，又落到了另一个强盗的手里。"作者为什么这么说？

大作家讲的小故事

一

在克什米尔有一座小小的村庄，村子四周到处都是绵延起伏、高耸入云的群山。村里的一栋栋小茅屋隐没在幽暗的绿树丛中。几条湍急欢快的小溪，流经成行的树荫，滋润着村中茅屋周围的土地，卷着从树上落下来的花朵和树叶，流入附近的一个湖里。远处有一个平静的池塘——清晨，羞涩的朝霞为它涂上胭脂；中午，太阳为它洒下金光；傍晚，层层彩云在它身上映上倒影。它就像山上仙女的明镜一样，在望月的溶溶月色下闪烁着银光，日夜欢笑着。这个被浓密树林围绕着的幽暗村落，宛如披着一幅黑色面纱，避开人世的吵闹，孤零零地藏在静谧的群山里。远处绿茸茸的草地上，牛儿在吃草；池塘边，村里的姑娘们正在汲水；栖息在村中昏暗的树丛中的林中诗鸟——多愁善感的印度夜莺，正在唱着忧伤的歌儿。整个村庄就像是诗人的梦境一样。

在这个村子里，住着一对非常要好的男女少年。他俩经常手拉着手在村里游玩，在波库尔树丛中采撷鲜花；当启明星刚刚在天空中隐没，朝霞刚刚为云朵染上红色，他俩犹如两朵离茎的荷花，并肩遨游在池塘里。宁静的中午，在山顶凉爽的树荫下，十六岁的奥莫尔辛赫，用温和的语调缓慢地朗读着《罗摩衍那》。每当读到为非作歹的罗波那劫走悉多的时候，他就义愤填膺，怒不可遏。十岁的科莫尔，用她那沉静的目光望着他的脸，静静地听着他朗读，每当听他读到悉多在无忧林中恸哭的时候，她的睫毛上就挂满了泪花。广阔的天宇渐渐地升起了星光，萤火虫在黑暗的暮色中闪着光亮，这时候他俩便手拉手地回到茅屋。科莫尔自尊心很强，要是谁说了她几句，她就会把脸藏在奥莫尔辛赫的怀里，哭泣不止。如果奥莫尔辛赫对她婉言安慰，小心翼翼地吻着她那挂满泪水的面颊，为她拭去泪水，那么，这个女孩的一切痛苦就会消逝。她只有一个寡妇母亲和她所爱恋的奥莫尔辛赫，在世界上她再也没有什么亲人。母亲和奥莫尔辛赫，是她受委屈时的安慰者和玩耍时的伙伴。

女孩子的父亲，在村里颇受尊敬。因为他曾经在王宫做过高官，大家对他都很敬重。科莫尔自幼生长在富贵之家，生活在人们所景仰的遥远的天堂，从来没有接触过村里的女孩子们。从童年起，她就和她钟爱的朋友奥莫尔辛赫在一起玩耍。奥莫尔辛赫是军事统帅奥吉多辛赫的儿子。虽然他们财产不多，却出身高贵，因而科莫尔和奥莫尔就订了婚。有一次曾经有人来说媒，建议把科莫尔嫁给一个名叫莫洪拉尔的富翁，可是科莫尔的父亲知道他品行不端，没有同意这桩婚事。

科莫尔的父亲已经死去，她家的财产慢慢地消耗光了，用石料建筑的住宅逐渐毁坏，她家的尊严也一点一点地丧失，那众多的朋友一个一个地疏远了她们。无依无靠的寡妇离开破旧的住宅，住进了这座小茅屋，从丰衣足食的幸福天堂，到极端贫困的茅屋，过着艰难困苦的生活。维护尊严的手段已经远远离去，甚至连维持生命的食品都时常缺乏——尊贵的姑娘怎么能忍受这种困苦呢？慈爱的母亲即使要去乞讨也绝不能让科莫尔遭受贫困的煎熬。

不久，科莫尔就要和奥莫尔结婚。离婚期只有一两个星期了。奥莫尔和科莫尔在村里散步，同时向她讲述未来的幸福生活：他们俩长大之后，将在那座山顶上尽情地游玩，在那个池塘里尽情地游泳，在波库尔树林中尽情地采摘鲜花。他深情地谈论着他的向往。姑娘从奥莫尔口中听到关于他们未来的设想，完全沉浸在幸福和欢乐之中，她用饱含激情的目光凝望着奥莫尔的脸。正当这一对男女少年沉浸在想象中的月色融融的幸福天堂的时候，王宫里传来了消

大作家讲的小故事

息：王国的边陲爆发了战争。军事统帅奥吉多辛赫要去参加战斗，并且还要把他的儿子奥莫尔辛赫也带去学习打仗。

黄昏降临了，奥莫尔和科莫尔站在山顶上的树荫下。奥莫尔说："科莫尔，我要走了，往后谁给你读《罗摩衍那》呢？"

姑娘眼泪汪汪地望着他的脸。

"你看，科莫尔！这落山的太阳明天还会升起，可我再也不会去叩你家的屋门了。那么，你说说看，你以后和谁在一起呢？"

科莫尔什么都没说，只是默然地伫立着。

奥莫尔说道："朋友，如果你的奥莫尔死在战场上，那么……"科莫尔用她那双小手搂住奥莫尔的腰，哭了起来。她说："奥莫尔，我这样爱你，你为什么要死呢？"

奥莫尔顿时热泪盈眶，他急忙拭去眼泪，说道："科莫尔，走吧，天已经黑了，今天让我最后一次把你送回家吧。"

他们两人手拉着手，向茅屋走去。村里的姑娘们提着水罐，一边唱歌，一边向各自的家里走去，而树林中的鸟儿一只接一只地停止了歌唱。天上出现了星星。奥莫尔为什么要离开她呢？科莫尔仿佛蒙受了委屈。她回到茅屋，把脸藏在母亲的怀里，哭了起来。奥莫尔含着泪，最后告别了科莫尔，回家去了。

这天夜里，奥莫尔跟着父亲离开村子走了。他登上村头的山顶，再一次回首俯瞰。他看到这个山村在月光下沉睡了，湍急的小溪在淙淙流淌；沉睡的村庄停止了一切喧闹；不甚清晰的牧歌，偶尔传到村头的山顶。奥莫尔看见，科莫尔家那座被蔓藤和枝叶围绕的小茅屋，沉睡在朦胧的月色中。他想，在那间茅屋里，那个惆怅迷惘、内心痛苦的姑娘，现在可能正把小脸伏在枕头上，睁着毫无睡意的眼睛，为我哭泣。奥莫尔的眼里涌出了泪水。

奥吉多辛赫对儿子说："你是拉吉普特人的后代！奔赴战场的

时候你怎么哭了？"

奥莫尔拭去了泪水。

冬季来临。浓密的阴云完全吞噬了高山、低谷、茅屋、森林、溪流、湖泊和田野；雪在不停地下，整个山岭都罩上了一层薄薄的冰雪；凋零的树木头戴白盔，呆呆地立在那里。天气十分寒冷，连喜马拉雅山也仿佛显得很沮丧。在这凛冽的黄昏，一个面容憔悴、衣衫褴褛的可怜姑娘，穿过氤氲呆滞的云雾，在凄凉的黑暗中眼泪汪汪地沿着山路蹒跚而行。她那两只脚在冰雪里就像石头一样失去了知觉，浑身冻得发抖，脸色铁青，几个行人从她身旁默默地走过。不幸的科莫尔，一再用悲伤的眼睛瞧着他们的脸。她想说什么，但又没有说，泪水湿透了她的衣襟，雪地上留下了她的足迹。

在茅屋里，生病的母亲饿得起不了床。姑娘整整一天连一口东西都没有吃，从早到晚一直在路上奔波。胆怯的姑娘不敢冒昧地向别人乞讨——她从来没有乞讨过，也不知道该怎样乞讨，不知道该对人家说些什么。如果看一眼她那被蓬乱的头发遮盖的可怜的小脸，看一眼她那被严寒冻得发抖的瘦小的身体，石头也会被感动得掉泪。

天越来越黑了。姑娘很失望，她怀着忧郁的心情，两手空空地向自家的茅屋走去。但是她那失去知觉的腿，再也抬不起来了，她因为没有吃东西已经很虚弱，一路奔波又十分疲劳，由于失望又很悲伤，筋疲力尽得在严寒中再也走不动了，她实在支持不住，于是倒在路边的雪地里。姑娘明白，她这样虚弱，一旦倒在雪地里就会死去的。她一想到母亲，就哭了起来。姑娘双手合十，说："薄迦婆蒂①圣母，不要让我死啊，请保佑我吧！我要是死了，我妈妈会

---

① 薄迦婆蒂：印度古代神话传说中的女神，也称难近母（或杜尔伽）。

痛哭的,我的奥莫尔也会哭的。"

科莫尔渐渐失去了知觉。她披头散发,衣服零乱,半个身子埋在雪里,就像一朵沾满泥土的鲜花,从树上掉到路旁。雪在不停地下。雪花落在姑娘的胸脯上,立刻融化了,但不久渐渐地在她身上覆盖了一层。在这漆黑的夜里,没有一个行人从这条路上走过。夜深了,雪积了厚厚的一层。这个少女独自一人倒在山路上。

二

科莫尔的母亲,躺在茅屋里的病榻上。寒风透过破旧的房舍,猛烈地吹进室内。倒在草铺上的寡妇,冻得瑟瑟发抖。因为没有人点灯,屋里黑洞洞的。科莫尔一大早就出去乞讨,到现在还没有回来。惶恐不安的寡妇每听到脚步声,就以为科莫尔回来了,因而十分激动。寡妇多次想挣扎着起来,去寻找科莫尔,但是她起不来。这位母亲怀有多少热切的希望,哭泣着向神仙祈求。有多少次她噙着泪水念叨着:"我是个不幸的女人,为什么还不让我死去呢?从来不知道怎么去乞讨的一个女孩子,今天就得像孤儿一样站在人家的门外吗?一个小女孩是不会走得很远的——在这漆黑的夜里,在这样的下雪天,她还能活着吗?"

既然起不来,当然也就看不到科莫尔,因此寡妇焦急得捶胸大哭。这时有几个女邻居来看望她,这位寡妇就抱住她们的脚,眼泪汪汪地哀求道:"我那迷路的科莫尔不知转到哪里去了,请你们去找一找她吧。"

她们回答说:"这样大的雪,天又这么黑,我们是不敢出去的。"

寡妇哭着说:"去找一找吧。我无依无靠,又穷得没有钱,我用什么来酬谢你们呢?我那个小女孩,她不认识路,今天一整天她什么都没吃。请你们给我找回来吧。神仙会赐给你们幸福的。"

没人答应寡妇的要求。在那雨雪之夜，谁敢出去呢？他们都分别回到了自己的家里。

夜渐渐深了。虚弱的寡妇哭得疲倦了，精疲力竭地倒在铺上。这时外面传来一阵脚步声。寡妇用恐惧的目光望着屋门，用微弱的声音问道：

"科莫尔！我的孩子，你回来了？"

一个人在外面用粗鲁的声音问道："屋里有人吗？"

科莫尔的母亲在屋里答应了一声。一个手持火把的人走进屋来，对科莫尔的母亲说了些什么。寡妇一听，大叫一声就晕了过去。

三

且说被冰雪弄得疲惫不堪的科莫尔，逐渐苏醒过来。她睁开了眼睛，看到一个大山洞，到处都是巨大的岩石，山洞里烟雾弥漫；在火把的照耀下，几张满是胡须的凶恶面孔，透过昏暗的烟雾，盯着她的脸。墙壁上挂着斧、剑等各种兵器，有几件小家具散放在地上。姑娘惶恐地闭上了眼睛。

科莫尔再睁开眼睛时，一个人问道："你是谁？"

姑娘没有回答。他握住姑娘的手，使劲摇动着，又问道："你是谁？"

科莫尔声音颤抖，怯生生地回答说："我是科莫尔。"

她想，这样一回答，他们就会一下子认出她来。

那个人问她："今天晚上天气这样糟糕，你在路上转悠什么？"

姑娘再也忍不住，就哭了起来，然后止住眼泪，哽咽着说："今天我妈妈一整天都没有吃东西……"

大家都笑了——野兽般的狞笑在山洞里回响着，姑娘吓得闭上了眼睛，要说的话哽塞在嘴里。强盗的狂笑，犹如雷鸣震撼着姑娘

的心。她胆怯地哭泣着说："把我送回到我妈妈那里去吧。"

大伙儿又一起笑了起来。他们慢慢从科莫尔那里了解到她家的住址、她父亲的名字等等。最后那个人说："我们是强盗，你现在成了我们的俘虏。我们要派人去告诉你母亲，她如果在规定的时间里不给我们一笔钱，我们就杀死你。"

科莫尔哭着说："我妈妈到哪儿去弄钱呀？她很穷。她再也没有什么亲人了——你们不要杀死我，不要杀死我呀！我没有做过什么对不起别人的事呀！"

大伙儿又笑了起来。

强盗们派了一名代表去见科莫尔的母亲，他对寡妇说："你的女儿在我们那。从今天算起，第三天我再来。如果你能交出五百块钱，我们就放了她，不然的话，你的女儿就会被杀死。"

听到这个消息，科莫尔的母亲晕了过去。

穷困的寡妇到哪儿去弄钱呢？所有的东西都一一变卖了。她仅存的几件首饰，是准备在科莫尔结婚的时候送给她的，就连这些首饰也卖掉了，可是连规定钱数的四分之一都没有凑够。再也没有什么东西可卖了。最后她脱下胸衣，在那件衣服上缝有她已故丈夫送的一只戒指——她本来想，不管幸福还是痛苦，也不管多么穷困，永远也不会丢开它，她要终身把它藏在胸口——她想让这只戒指伴随着她一直到火葬场，可是现在她也只好流着泪水把它取了下来。

她想卖那只戒指的时候，心疼得几乎把胸上的每块骨头都要捶断了，可是没人想买这只戒指。

最后，寡妇开始挨门去乞讨。一天过去了，两天过去了，第三天也到了，但还没有凑足规定钱数的一半。今天那个强盗就要来了。如果今天不把钱交到他手里，那么，寡妇生活中的唯一纽带就会被扯断。

可是她没有弄到钱。她去乞讨，挨门挨户地哭泣，她还垂着衣襟，到她丈夫昔日聘用过的那些官员的家里去乞讨，但是连规定钱数的一半都没有弄到。

惶遽不安的科莫尔在山洞的囚室里渐渐停止了哭泣。她想，她的奥莫尔辛赫假如在这里，就不会发生任何不幸。虽然奥莫尔辛赫还是个少年，但是她知道，奥莫尔辛赫什么都能做到。强盗们经常恐吓她。一看到强盗，她就吓得用纱丽遮住脸。在这黑糊糊的囚室里，在这伙残暴的强盗中间，有一个青年，他对科莫尔不像其他强盗那样粗暴。他温和地问了这位忐忑不安的姑娘许多话，但因为害怕，科莫尔一句话也没有回答。这个强盗来到她身边坐下，姑娘吓得发抖。青年是强盗头目的儿子。他又问科莫尔是否愿意嫁给强盗。他不断地献殷勤说，如果科莫尔嫁给他，他就可以从死神手里把她救出去。可是惶恐的科莫尔什么也没有回答。一天过去了，两天过去了，姑娘惶恐地看着强盗们在一边饮酒一边磨刀。

强盗的使者来到寡妇的屋里，问她钱在哪儿。寡妇将乞讨来的钱都放在这个强盗的脚下，说道："我再也没有了，所有的一切都拿出来了。现在我乞求你们，把我的科莫尔送回来吧。"

强盗很生气，把钱扔了一地，并且说："用谎言是骗不了人的。如果你交不出规定的钱数，今天你女儿就会被杀死。我走了——我要去告诉我们的头头说没有拿到规定的钱数，现在让我们用人血来祭奠伟大的迦梨女神吧。"

不管寡妇怎么哀求，怎么哭泣，也没有感化强盗的铁石心肠。强盗准备走的时候，寡妇对他说："你不要走，请再等一会儿，我再去想想办法看。"说完，寡妇就走了出去。

大作家讲的小故事

四

莫洪拉尔曾经想和科莫尔结婚。可是此事并没有办成，因而莫洪心里有些生气。一清早，莫洪拉尔就听到了科莫尔被绑票的事，并且立即叫来家族祭司，询问最近是否有举行婚礼的吉日良辰。

在村子里，再也没有像莫洪拉尔这样富有的人家了：忧心忡忡的寡妇最后来到了他的家里。莫洪拉尔用讥讽的语调笑着说："真是少见哪！您怎么居然屈驾光临寒舍了？"

寡妇说："请不要讥笑。我是个穷人，我是到你这里来乞讨的。"

莫洪说："出了什么事？"

寡妇把事情的经过从头到尾讲述了一遍。

莫洪问道："那么，我能做什么呢？"

寡妇说："你应当去搭救科莫尔的性命。"

莫洪说："怎么，难道奥莫尔辛赫不在这里吗？"

寡妇明白他的讥讽，就对他说："莫洪，即使我没有房子不得不流落林莽，没有吃的而饿得发狂，我也不会来向你乞求一根稻草，可是，今天如果你不满足我这寡妇的唯一乞求，那么，你的冷酷心肠将会永远留在我的记忆里。"

莫洪说："你既然来了，那么，我有一句话就对你实说吧。科莫尔看上去并不坏，而且我也不是不喜欢她，所以和她结婚我是没有什么意见的。我实话对你说，无缘无故的施舍，我可没有那笔钱。"

寡妇说："她已经和奥莫尔订了婚。"

莫洪再也没有说什么，他一边翻着账簿，一边在写着什么。仿佛房间里别无他人，仿佛他不是在和别人谈话。时间在流逝，也不知道那个强盗在等着还是走了。寡妇哭着说："莫洪，你不要再折磨我了，时间不等人。"

莫洪说:"等一下,我要做完这项工作。"

寡妇知道,假如她不同意让女儿和他结婚,那么,很难说他一整天能否做完他的工作。最后,她只好含泪同意了。寡妇从莫洪拉尔那里拿到钱,交给了那个强盗,于是他就走了。当天,惶恐不安的科莫尔,像一只被吓得发抖的小鹿一样,回到了母亲的怀抱,并且用两只手捂着脸哭了很久,她的心情才平静下来。

然而,这个可怜的姑娘从一伙强盗手中逃出来,又落到了另一个强盗的手里。

岁月荏苒,一晃几年过去了。战火已经熄灭,士兵们解甲归田,返回了家园。寡妇获悉,奥吉多辛赫已经战死,奥莫尔被关进监狱。但她没有把这个消息告诉女儿。

姑娘和莫洪结了婚。

莫洪的怒气一点也没有消减。他那报复的心理并没有随着结婚而消逝。他经常无故地虐待那个软弱无辜的姑娘。科莫尔从温暖的慈母怀抱来到这冷酷的牢房,受尽了种种折磨,不幸的姑娘甚至都不敢哭泣。由于害怕莫洪责骂,眼睛里哪怕涌出一滴泪水,她都颤抖着把它拭去。

五

朝霞映红的朵朵彩云,嵌缀在白如冰镜的山顶上空。正在熟睡的寡妇,听到有人敲门就醒了,打开门,她看见身着军装的奥莫尔辛赫站在眼前。寡妇怎么也没想到,是他站在那里。

奥莫尔急忙问道:"科莫尔呢?科莫尔在哪儿?"

寡妇告诉他,科莫尔在她丈夫家里。

奥莫尔一时惊呆了。他曾经怀有多少美好的理想啊——他想,要不了多久就会返回故乡,从疯狂残酷的战场,回到宁静温柔的爱

大作家讲的小故事

情怀抱；当他突然站在她家门前的时候，满怀喜悦的科莫尔，就会飞跑出来，倒在他的怀里。他要坐在他们童年时代游玩的那个山顶，给科莫尔讲述战争中的英雄事迹，最后和科莫尔结成伴侣，在鲜花盛开的爱情花园里度过他幸福的一生。可是他所憧憬的这种幸福生活，却遭到了霹雷的轰击，因此他十分悲愤。尽管他心里有许多想法，在他平静的脸上却没有一点表露。

莫洪把科莫尔打发回娘家之后，就到外国去了。十五岁的科莫尔，宛如一株花蕾终于开放了。有一天，科莫尔来到波库尔树林里，想编织花环，可是她没有编成，她感到内心迷惘空虚。又有一天，她把童年时代的一些玩具翻出来，然而她没有玩，而是叹息着又把它们放起来。她想等奥莫尔回来，他们俩再一起去编花环，一起去游玩。这么久看不到她童年的伙伴奥莫尔，心情苦闷的科莫尔简直忍受不了这种折磨。每天夜晚，都看不到科莫尔在家里。科莫尔到哪儿去了呢？人们找啊找啊，最后在她童年游玩的山顶上找到了她——姑娘满面愁容，头发蓬乱，倒在那里，凝望着缀满星辰的广阔天宇。

科莫尔因为思念母亲和奥莫尔而时常哭泣，为此莫洪很生气，把她打发回娘家，盘算着："让她受几天穷困之苦吧，尔后我倒要看看，她是否还会因思念别人而哭泣。"

科莫尔回家后，仍然偷偷饮泣。夜风经常伴着她那悲伤的叹息，她在那孤独的床铺上不知流下了多少泪水，对于这些情况她母亲是从来不知道的。

一天，科莫尔突然听说，她的奥莫尔回来了。这些天来，她心里多么激动呀！奥莫尔辛赫童年时代的形象，又萦绕在脑际。科莫尔十分痛苦，也不知哭了多久。最后，她走出家门，想去见奥莫尔一面。

奥莫尔坐在那座山顶上的波库尔树荫下，心如刀绞。他一一回忆着孩提时代的所有往事。多少个月夜，多少个黄昏，多少个清新的黎明，都像迷离的梦境一样，一幕一幕地在他脑际闪过。用他那沙漠般的黑暗的未来生活与童年相比，他发现自己已经没有伴侣，没有帮手，没有栖身之所，没有人关心过问，也没有人倾听他的苦衷和对他表示同情——他就像在广阔的天空冲出轨道的一颗闪着亮光的彗星，又像在波涛起伏的无边大海里被风暴追逐的一艘破旧小船，孤独而凄凉地在沉闷的生活中荡游。

远处村子里的嘈杂声渐渐沉寂下来，夜风拂动着黑蒙蒙的波库尔树的枝叶，就像哼着深沉的悲歌。在这漆黑的夜里，奥莫尔独身坐在山顶，听着各种声音：远处的小溪发出淙淙的悲鸣；习习和风，宛如绝望的心灵在深深地叹息；深夜里传来了一种令人心碎的深沉、和谐的声音。他看到整个世界都沉坠在黑暗的海洋里，只有远处火葬场上还亮着焚尸的火光，从这个天边到那个天边，整个黑暗的天宇都被浓密寂寞的云雾笼罩着。

突然间，他听到有人气喘吁吁地叫道："奥莫尔哥哥……"

听到这温柔、甜蜜、梦寐以求的声音，他那回忆的海洋顿时沸腾了。他转过身来，看见是科莫尔。瞬息间她来到跟前，用手搂住他的脖子，把头贴在他的胸上，叫道："奥莫尔哥哥……"

奥莫尔的心凝固了，他伤心地流下了眼泪。突然他好像羞愧似的，后退了几步。科莫尔对奥莫尔说了许多话，而奥莫尔只回答了一两句。忠厚的姑娘来的时候，心花怒放，笑逐颜开，可是当他们分手的时候，她十分伤心，哭着走了。

科莫尔想道，童年时代的那个奥莫尔回来了，我这个童年时代的科莫尔，从明天开始就可以和他在一起游玩了。奥莫尔内心深处虽然受到了创伤，但他一点儿也没有生科莫尔的气，也没有责怪

大作家讲的小故事

她。他觉得，不应当妨碍这位已经出嫁的姑娘履行自己的义务，因此第二天他就走了，谁也不知道他到哪里去了。

姑娘温柔的心灵受到了沉重的打击。这位自尊心很强的姑娘想了很久。过了这么久，她终于来到了童年时代的朋友奥莫尔身边，可是奥莫尔对她为什么这么冷淡呢？她怎么也想不通。一天，她把自己的心事告诉了她的母亲，母亲向她解释说，奥莫尔辛赫成了军队统帅，他生活在宫廷的鼓乐声中，可能会把住在草舍茅屋的女乞丐小姑娘忘掉的。这些话，就像一把尖刀刺入了这位穷苦姑娘的心。科莫尔一想到奥莫尔辛赫对她如此冷淡，也就不再感到痛苦了。不幸的姑娘常常在想："我很穷，没有任何财产，也没有什么亲人，我是个愚蠢的小姑娘，我不配触摸他脚上的尘土。我有什么权利叫他哥哥呢？有什么权利爱他呢？我这个穷困的科莫尔，竟敢向他求爱！"

整整一夜，她都在哭泣。一清早，忧郁的姑娘就登上那个山顶，在那里想着许多往事，她尽管将刺入内心深处的利箭深埋在心底——不向世界上的任何人展示，可是藏纳在心里的那把利箭却在慢慢地吮吸着她的心血。

姑娘不再和别人讲话，只是整日整夜地默默思索着。她不再接触别人，不哭，也不笑。每当黄昏，常常可以看到可怜的科莫尔，她脸上蒙着破旧的脏纱丽，坐在路边的一棵树下。姑娘渐渐变得瘦弱了。她再也不能爬山了——她常常一个人坐在窗台上，望着远处山顶上的那棵波库尔树。在微风吹拂下，树叶在轻轻颤抖。她常常呆望着牧童们低声哼着悲伤感人的小曲往家里走去。

尽管寡妇做了许多努力，可还是摸不透姑娘痛苦的原因，因此也就没有办法除掉她的病根。科莫尔自己明白，她已经走上了死亡之路。她已不再寄托什么希望，只是一再恳求神仙："在临死的时

候能让我再见奥莫尔一面。"

科莫尔的病情越来越严重。她一次又一次地昏迷过去。寡妇坐在床头沉默不语，村子里的姑娘们都围绕科莫尔站着。穷困的寡妇没有钱，又怎么能担负起为她治病的开支呢？莫洪不在国内，即使他在国内，也不能指望得到他的帮助。母亲日夜操劳，卖掉了一切东西，为科莫尔筹备食物。她走遍了所有医生的家门，恳求他们来给科莫尔看一下病。由于她一再地请求，一位医生答应她，今天晚上来给科莫尔看病。

漆黑的夜晚，浓密的云雾遮住了满天的星斗，可怕的雷声在每个山谷中回响，雷电不断地闪光，照亮了每个山冈。霎时间大雨滂沱，狂风大作。山里的居民很久没见过这样的暴风雨了。贫穷的寡妇的小茅屋在摇晃，雨水透过薄薄的屋顶，从上面流到屋里；屋角里放着一盏昏暗的小油灯，它的火苗在不停地跳动着。由于这样的暴风雨，寡妇已经失望了，她认为医生是不会来了。

不幸的女人怀着绝望的心情，用痴呆失望的目光，望着科莫尔的脸，每听到响声就怀着对医生的渴望，胆怯地瞧着屋门。科莫尔又从昏迷中醒了过来。她醒过来之后，望着母亲的脸。过了许久，科莫尔的眼睛里又涌出了泪水，寡妇哭了，姑娘们也都哭了起来。

忽然传来了一阵马蹄声，寡妇急忙站起来说，医生来了。门开了，医生走进屋来。他从头到脚都被雨衣遮盖着，水珠从湿淋淋的衣服上不停地滴落下来。医生走到姑娘那铺着稻草的床前。科莫尔睁开她那迟钝悲伤的眼睛，看了一下医生的脸，她发现他不是医生，而是那个英俊沉静的奥莫尔辛赫。

姑娘十分激动，她用那饱含爱恋的痴呆的目光，望着奥莫尔的脸，一双大眼睛噙着泪水，安详而苍白的脸上，挂着一丝微笑，闪烁着光辉。

大作家讲的小故事

她那病弱的身体是经受不住过分兴奋的。她那双湿润的眼睛慢慢合上了，心脏慢慢地停止了跳动，这盏灯慢慢地熄灭了。满怀悲痛的女友们，向她的身上抛撒了鲜花。奥莫尔辛赫没有眼泪，也没有叹息，他怀着惆怅的心情走了出去。

从那一天起，悲痛的寡妇就疯癫了，她到处流浪乞讨，每到晚上就一个人坐在那间破旧的茅屋里哭泣。

1877年斯拉万月—帕德拉月

赏析与品读

《女乞丐》是一篇悲伤的小说，但如果用现在的眼光来看，它的悲情中带有清新，绝望中蕴涵着美好。从开篇明丽的风景描写开始，小说带我们走进了科莫尔和奥莫尔两小无猜的世界，但美好的时光是短暂的，从奥莫尔出征开始，情节急转直下，黄昏的分离和冰冷的冬天的来临，预示着科莫尔命运的转折点，从一个纯真少女到落魄的女乞丐的转变。

如果说科莫尔的遭遇是对那个社会和时代的控诉，那么奥莫尔知晓科莫尔经历后的反应，则将笔触探到了人性深度。从最初知道其婚讯时的冷淡态度，到最后在科莫尔生病时忍不住前去探望，我们能感受到他内心真挚的情感，即使在经历了现实的挫败后，依然存在。小说的结尾，科莫尔在满足中安静地死去，留给奥莫尔，也留给这个世界，一个惆怅的背影。

移交财产

董友忱 译

● 带着问题读一读，你会收获更多 ●

1. 久根纳特像保护自己的眼珠一样保护尼代·巴尔，他对尼代是真的爱护吗？
2. 尼代·巴尔因为不想上学而从家里逃了出来，这样做对吗？

大作家讲的小故事

一

布林达邦·昆德气呼呼地对他父亲说:"我现在就走!"

他父亲久根纳特·昆德回答道:"忘恩负义的东西!你从小我就供你吃供你穿,在你身上花的钱你是永远还不清的,你不要逞能!"

久根纳特一家用于吃穿方面的开销并不很大。古代圣贤们在吃穿用度方面是非常节俭的,久根纳特的生活表明,在吃穿用度方面他可堪称是遵循古代圣贤节俭遗风的典范。不过,他还不能完全做到这一点,那是因为当今社会存在着某些弊端以及为保护人体自然界还存在某些不合理的成规所致。

儿子在没有结婚之前对于这种节俭还可以忍受,可是自从结婚成家之后,在吃穿用度方面就同父亲那种十分圣洁的生活准则发生了冲突。可以看到,儿子的追求逐渐从精神方面转向物质方面。他就像懂得冷热饥渴的世人一样,开始仿效起世俗社会的生活来,自然,用于吃穿用度方面的开销也就不断增长。

父子俩为此事常常发生争吵。后来,布林达邦的妻子患了重病。医生为她开了一剂贵重药,因此,久根纳特就认为医生不学无术,并且立即把他赶走了。起初,布林达邦低三下四地恳求父亲,后来居然发了火,可是毫无结果。他妻子死了,于是他就指责父亲是杀害自己妻子的凶手。

他父亲说:"怎么能怪我呢?难道吃了药就不死人吗?如果说吃了贵重药,人就能长生不老,那么,国王为什么还会死呢?你母亲死了,你奶奶也死了,难道你的妻子就要比她们死得高贵?"

其实,布林达邦如果不沉湎于悲痛之中,如果能冷静地想一想,那么,他就会从父亲的这一番话里得到许多安慰。他的母亲和祖母在临死的时候都没有吃过药。这是他们家庭的一贯传统。然而，现代的年轻人是不愿意因遵循古老传统而死去的。在我们所提到的那个时代，英国人刚刚进入这个国家。但就在那个时候，从旧时代过来的老年人看到当时年轻人的举动行为，也会气得使劲儿吸烟。

不管怎么说，新派的布林达邦和守旧的久根纳特争吵起来，并且对他父亲说道："我走了。"

父亲立即表示同意，并且当着众人的面说道，如果他以后再给布林达邦一分钱，那么，就可以认为他犯有杀牛之罪。布林达邦也当着众人的面说，他要是接受久根纳特的财产，那就等于他犯有弑母之罪。从此之后，父子俩就分道扬镳了。

村民们经历了长期的平静之后，都把这样一场小小的革命当做一件快事。特别是在布林达邦放弃继承权之后，大家都尽力安慰久根纳特，消除他那种难以忍受的与儿子决裂的痛苦。大伙儿说，为了老婆而与父亲吵翻，只有当今的青年人才做得出来。特别是一些人提出了一个很有说服力的理由，他们说，老婆死了，很快可以娶第二房，但是，如果父亲死了，即使你磕破了头，也不会再有父亲了。毫无疑问，这个理由是令人信服的。但是我相信，像布林达邦这样的小伙子，如果听到这种理由，不但不会感到遗憾，相反，还会高兴。

看来，布林达邦出走的时候，他父亲并没有感到十分痛心。布林达邦一走，可以节省一笔开销，除此之外，久根纳特内心里的一种巨大恐惧感消逝了。他一直担心，说不定布林达邦哪一天会用毒药毒死他。他总担心食物里下有毒药。自从儿媳妇死后，这种恐惧减少了一些，他儿子走了之后，他就完全放心了。

只有一种苦恼还留在他的心底。久根纳特四岁的孙子葛库尔琼德罗被布林达邦带走了。葛库尔吃穿用度的花销比较少，因此，久

大作家讲的小故事

根纳特对他的疼爱是很深的。不过，当布林达邦把他带走的时候，久根纳特心里虽然也很难过，但是当时他还是只顾盘算节省花销了：两个人一走，一个月可以减少多少开支，一年内又可以节省多少；用所节省下来的这笔钱去放债，又会得到多少利息。

然而，没有葛库尔的顽皮淘气，久根纳特一个人待在这座空荡荡的房子里，心里感到很不是滋味。今天，久根纳特很难过，祈祷的时候没有人来捣乱，吃饭的时候没有人来和他抢着吃，记账的时候也没有人抢走他的墨水瓶了。他在宁静中洗过澡、吃过饭之后，心绪开始烦躁起来。

他仿佛觉得，人只有在死后才能获得这种平静，特别是当他看到他的孙子在他的破床单上所扎出的孔洞和那个小画家在他的坐垫上所留下的墨迹的时候，他的心情就更无法平静下来。他那个一刻也闲不住的小孙子，两年内就穿破了一条围裤，为此他曾遭到爷爷的臭骂。现在看见他扔在卧室里的那件皱巴巴、脏乎乎的破衣服，这位爷爷的两眼溢出了泪水。久根纳特没有用那件破衣服做灯芯或派作其他用场，而是小心翼翼地把它放进箱子里，并且在心里暗暗发誓：如果葛库尔能回来，即便一年穿坏一条围裤，他也不会再骂他了。

可是葛库尔并没有回来，而且久根纳特仿佛比以前衰老了许多，这座空荡荡的住宅随着时间的流逝，显得更加空旷了。

久根纳特在家里再也待不下去了，甚至在中午，村里所有有身份的人吃过午饭都在享受午睡之福的时候，久根纳特也会手拿着烟袋，在村子里转来转去。中午，当他这样默默转悠的时候，街上的孩子们一看见他，就会停止玩耍，向一个安全的地方跑去，口里不断高声念着当地一个诗人所编的有关他吝啬的种种歌谣。因为害怕没有饭吃,谁都不敢直呼他父亲给他起的名字①,所以大伙儿都按照自己的想法给他起了新的名字。上了年岁的人都叫他"久根纳什"②,可是,不知道为什么孩子们都叫他"吸血蝙蝠"。大概,他那毫无血色的干枯的皮肤同上述那种蝙蝠有某些相似之处吧。

二

有一天,久根纳特像往常一样,在村子里的芒果树下转悠的时候,看见了一个陌生的男孩。这个男孩成了村里孩子们的头儿,当时他正在教其他孩子一种新的游戏方法。村里的其他孩子都很佩服他,因为他意志坚强并且富有新奇的想象力,所以大伙儿都打心眼里服从他的指挥。

其他孩子一看见这个老头儿,就停止了戏耍,这个孩子却不这样,他走到老人跟前,解开自己的围巾,一条蜥蜴从围巾里跳到老人的身上,然后又从他身上跳下来,向树丛中窜去。突然的惊吓,使老人浑身起了一层鸡皮疙瘩。孩子们都开心地大笑起来。久根纳特还没走出多远,搭在他肩上的毛巾就不见了,而在那个陌生孩子的头上却缠着那条毛巾。

从这个素不相识的孩子身上得到了这样一种新奇的不失大雅的娱乐,久根纳特感到非常开心。他很久没有对任何孩子这样无拘无束地亲热啦。久根纳特同这个孩子进行了详细交谈并且向他做出各种许诺之后,才赢得了他的一些信任。

"你叫什么名字?"久根纳特问道。

"尼代·巴尔。"他回答说。

"你家在哪里?"

---

① 孟加拉农村的一种说法:从谁口里说出守财奴的名字,谁就会没饭吃。
② "久根纳特"意为"祭祀舞",而"久根纳什"则意为"毁灭祭祀"。

大作家讲的小故事

"我不说。"

"你父亲叫什么名字？"

"我不能说。"

"为什么不说？"

"我是从家里逃出来的。"

"你为什么逃出来？"

"我父亲想送我去上学。"

久根纳特当时想，送这种孩子上学简直是白白浪费金钱，大概这孩子的父亲也是一个无知之辈。

"你愿意来我家住吗？"久根纳特问他。

这孩子没有表示反对，毫不客气地在他家里住了下来，就像往常在路旁大树下歇息一样。

不仅如此，他还在吃穿方面随心所欲地提出自己的种种要求，好像他预先支付了一切费用一样，为此他和房主人常常发生争执。制服自己的孩子比较容易，但是在别人的孩子面前，久根纳特不得不承认失败。

三

村里人看到尼代·巴尔在久根纳特家里受到如此难以想象的关照，都感到十分惊讶。人们明白了，老头子活不了很久啦，他要把所有的财产交给这个不知从什么地方钻出来的外乡孩子。

大家都非常嫉妒这个孩子并且想方设法伤害他。可是老头子像保护自己的眼珠一样保护他。

这个孩子有时威胁老人说他要走。久根纳特就向他许诺说："孩子，我要把我的全部财产都交给你。"尽管孩子的年龄还小，但是他对这种许诺还是完全明白的。

当时，村里的人们到处打听这孩子的父亲。他们说："哎，不知道这孩子的父母心里该多难过！这个浑小子真是罪孽不小啊！"

他们用最难听的语言咒骂这个孩子。他们之所以如此气愤，与其说是出于正义感，倒不如说是出于嫉妒。

有一天，老人听一个过路人说，一个叫达摩多尔·巴尔的人正在四处寻找他的儿子，并说他很快就会到这个村子里来。尼代听到这个消息后十分不安。他甚至要放弃将来移交给他的全部财产，准备逃走。

久根纳特一再安慰尼代说："我要把你藏到一个好地方，无论什么人都找不到，村里的人也找不到。"

"这地方在哪儿？领我去看看吧。"孩子很好奇地说道。

"如果现在领你去看，就会被人发现。等到夜里我领你去看。"久根纳特说。

听说有这样一个新的好玩的地方，尼代很高兴。他在心里默默地盘算：父亲找不到他就会走的，等父亲一走，他就和伙伴们到那里去玩捉迷藏。谁也找不到他，这太好玩啦！父亲来到村里，找遍了所有地方，到处都找不到他。这太有趣啦！

中午，久根纳特把尼代锁在家里，自己走出家门，到一个地方去了。当他回来的时候，尼代缠着他问了许多问题，老人都感到不耐烦了。

还不到黄昏，尼代就说："我们走吧。"

久根纳特回答道："现在天还没有黑下来。"

尼代又对老人说："天已经黑了，爷爷，走吧。"

久根纳特说："现在村里人还没有睡呢。"

等了一会儿，尼代又说："现在人们都睡了。我们走吧。"

夜渐渐深了。尼代已经睡眼蒙眬，他虽然尽力驱逐困倦，可

大作家讲的小故事

是还是打起瞌睡来。到了半夜,久根纳特抓住尼代的手,走出了家门,沿着沉睡的村庄里的一条漆黑的道路走着。除了偶尔一两声狗叫,引起附近其余狗呼应外,再也听不到任何声音了。有时夜鸟被脚步声惊起,急匆匆地向树林中飞去。尼代被吓得紧紧拉住久根纳特的手。

他们两人穿过大片田地,最后走进位于密林中的一座没有神像的破庙里。尼代有些失望,他问道:"就是这里吗?"

这个地方根本不像他所想象的那样好玩,也没有什么神秘之处。尼代从家里逃出来之后,经常在这种破庙里过夜。这个地方用于捉迷藏还是不坏的,但是并不是不可能被发现的。

久根纳特掀开了庙里地上的一块石板。孩子看见,下面是一个类似房间那样的地窖,里面亮着一盏油灯。尼代觉得既惊奇又有趣,同时也感到有些害怕。久根纳特搬来一个梯子,并沿着梯子下到地窖里,尼代跟在他的后面,也战战兢兢地下去了。

尼代下到地窖发现,四周摆着铜罐;中间铺着一个坐垫,坐垫前面摆着朱砂颜料、檀香膏、一个花环及祈祷用品。尼代出于好奇看了一下铜罐,发现里面全是钞票和金币。

久根纳特对尼代说:"尼代,我说过,我要把所有的财产都交给你。我的全部钱财都在这些罐子里,此外,我再也没有什么了。今天,我就把所有这一切都交给你。"

孩子跳起来,问道:"全都交给我?一个卢比你也不拿走?"

"我要是拿走,就让我的手长癞。不过,我有一句话要说。将来不论什么时候,如果我那个不知道下落的孙子葛库尔琼德罗或者他的儿子或孙子或重孙子,或者他家族中的什么人能回来,你就应该把所有这些财产交给他或他们。"

这孩子以为久根纳特发疯了,所以他马上答应说:"好吧。"

久根纳特对他说道:"那么,你坐在垫子上吧。"

"为什么?"

"你应该祈祷祭拜。"

"为什么呢?"

"这是一种规矩。"

孩子在垫子上坐下来。久根纳特在他的前额上涂了檀香膏,用朱砂点上了吉祥痣,在他的颈上挂上花环,然后自己坐在尼代面前,开始叽叽咕咕念起咒语来。

尼代犹如一尊神像一样坐在垫子上,听着咒语,心里有些恐惧,于是就叫道:"爷爷!"

久根纳特没有回答,继续念他的咒语。

最后,他很吃力地把所有铜罐都一一搬过来,放在尼代的面前,并且每搬过一个铜罐都让孩子跟着他念诵道:"久提什替尔·昆德的儿子是戈达多尔·昆德,戈达多尔·昆德的儿子是普兰克里什诺·昆德,普兰克里什诺·昆德的儿子是波罗马农德·昆德,波罗马农德·昆德的儿子是久根纳特·昆德,久根纳特·昆德的儿子是布林达邦·昆德,布林达邦·昆德的儿子是葛库尔琼德罗·昆德。我保证把所有这些钱财如数地交给葛库尔琼德罗或他的儿子或孙子或他家族中其他合法的继承人。"

孩子就这样一遍又一遍地念诵着,仿佛变得昏眩了,舌头也开始打起卷儿来。当祈祷仪式结束的时候,这个小小的地窖已经弥漫着油灯的烟雾和两个人呼出的碳酸气。孩子已经感到口干舌燥,手脚发热,呼吸困难。

灯光渐渐变得昏暗,忽然一下子熄灭了。尼代在黑暗中听到,久根纳特在顺着梯子向上爬去。

尼代惊恐地问道:"爷爷,你到哪儿去?"

大作家讲的小故事

久根纳特回答说:"我走了。你留在这里,没有人能找到。但是你要记住:久根纳特的孙子——布林达邦的儿子,是葛库尔琼德罗。"

他说完就爬了上去,并且把梯子撤走了。孩子憋得喘不过气来,十分吃力地说:"爷爷,我要去找我爸爸。"

久根纳特用石板把洞口盖好,并把耳朵贴在石板上,听到了尼代哽咽的叫声:"爷爷!"

随后,他又听到扑通一声,仿佛一件什么东西倒在地上了,此后就再也听不到什么声音了。

久根纳特就这样把财产交给了财产保护者,并且开始在那块大石板上加盖泥土,接着把破庙里的碎砖乱石堆在上面,又在泥土上移栽一些带土的草根和灌木。黑夜即将过去,可是久根纳特却不愿意离开这个地方。他不时地把耳朵贴在地上听一听。他仿佛觉得,从很远的地方,从大地的深处,传来了哭泣声。他仿佛觉得,这种哭泣声在夜空中回荡,世界上所有沉睡的人们似乎都被这种哭泣惊醒了,仿佛他们都坐在床上细心地倾听着。

老头子不安起来,又往那块石板上压了一层土。这样一来,似乎就可以封住大地的嘴巴。

"爸爸!"有人叫了一声。

老头子一边在泥土上砸一边说:"别吭声,人们会听见的。"

"爸爸!"有人又叫了一声。

久根纳特看到太阳已经升起来了。他惊慌地走出庙门,来到外面的田野上,有人正是在这里呼叫"爸爸"。

久根纳特吃了一惊,急忙转过身来一看,原来是布林达邦。

布林达邦对他说:"爸爸,我已经打听清楚了,我儿子就藏在你家里。把他还给我吧。"

老人的嘴和脸变得很难看，他探过身子向布林达邦问道："你的儿子？"

布林达邦回答说："是的，是葛库尔。他现在名叫尼代·巴尔，我现在的名字叫达摩多尔。你在这一带是出了名的人，所以，我们出于羞愧而改了名字，否则，就没有人称呼我们的名字啦。"

老人伸出十个指头，向上抓去，仿佛想把空气抓在手里似的，随后就昏倒在地上了。

久根纳特清醒过来后，就把布林达邦领到庙里，并且问他道："听到哭声没有？"

"没有。"布林达邦回答说。

"你把耳朵贴在地上听听看，是不是有人在呼叫爸爸？"

布林达邦说："没有。"

老头子当时似乎非常放心了。

从此之后，老头子逢人就问："你听到哭声没有？"人们听了这疯子的问话都笑了。

大约又过了四年之后，老头子的死期到了。他的眼睛已经失去光泽，呼吸几乎快要停止了，这时候，他突然一下子坐起来，伸出两手向四周摸着，一瞬间口中喃喃说道："尼代，谁把我的梯子搬走了？"

他没有找到那架能从既无空气又无阳光的大地窖里爬上来的梯子，扑通一声又倒在了床上。

他走了——前往那个在玩捉迷藏时永远不会被人发现的地方去了。

1891年巴乌沙月

大作家讲的小故事

赏析与品读

父亲、儿子、儿子的儿子……这是生命链中最常见的一条线，但三者之间的关系，却并不总是和谐稳定的。就如久根纳特和儿子布林达邦之间，因为观念不同而爆发的"战争"，直接导致的结果就是，儿子带着孙子离家出走。老父亲在怀念活泼可爱的孙子的同时，万万没有想到，自己手里，冥冥之中握着他的未来。

当尼代·巴尔第一次出现在久根纳特的面前时，久根纳特内心关于生活的鲜活部分复苏了，他甚至脑袋一热，要把所有财产移交给眼前这个活泼可爱的小孩，但是根植在他脑海里的宗族和家族传统，在关键时刻，他用仪式困住了这个小孩，而这时，孩子的父亲正好来到了这个村庄。故事发展到这里，泰戈尔用巧妙的叙事技巧，让祖孙三代"团聚"，尽管它是一个悲剧。

在泰戈尔的短篇小说中，《移交财产》是为数不多的关于家庭关系思考的作品。尽管话题并不轻松，但泰戈尔仍然用带有传奇色彩的笔调描述了这个故事，在弥漫着东方神秘气息的氛围中，揭开家庭关系的真谛。

莫哈玛娅

董友忱 译

● 带着问题读一读，你会收获更多 ●

1. 莫哈玛娅的哥哥为什么要让她跟一个垂死的人结婚，并且焚身殉夫？
2. 莫哈玛娅是一个什么性格的人？找出文中表现其坚强性格的几处细节描写，体会这样写的好处。

大作家讲的小故事

一

莫哈玛娅和拉吉波洛琼在河边上的一座破庙里幽会了。

莫哈玛娅什么也没有说，只用她那双天生的深沉的眼睛，略带几分责备的神情，望着拉吉波，意思是说："今天你怎么敢在这种不合适的时候把我叫到这里来呢？大概是因为我一直对你百依百顺，才使你如此大胆起来。"

拉吉波对于莫哈玛娅总是有一点儿胆怯，再加上她的这种目光，他就更加忐忑不安了。原来想好要对她说的几句知心话，现在只好放弃。然而，不马上说明这次会面的理由，那是不行的，于是他急忙说道："我建议，我们俩从这里逃走，去结婚吧。"的确，拉吉波说出了他想要说的话，可是在心里想好的那段开场白却没有了。他的话显得很枯燥、呆板，甚至听了都使人惊奇。他自己说完，也感到很尴尬，可是他又没有能力再说几句温柔的话来加以补救。这个蠢人，在这天的中午把莫哈玛娅叫到河边的破庙里来，只是对她说了一句"我们去结婚吧"！

莫哈玛娅是名门之女，今年二十四岁，正值美貌的青春年华，就像未加修饰的一座金像，又像秋天的阳光那样沉寂和熠熠闪光，她那眼神犹如白昼的光辉一样开朗和坚强。

她没有父亲，只有一个哥哥，名叫波巴尼丘龙·丘托帕泰。兄妹俩的性格几乎一个样——沉默寡言，但是他却有一股热情，恰似中午的太阳一样在默默地燃烧。即使没有任何缘故，人们也惧怕波巴尼丘龙。

拉吉波是个外乡人。他是这里一家丝绸厂的大老板从外地带来的。拉吉波的父亲，曾经是这位老板的雇员，他死后，这位老板就担负起抚养他那个年幼儿子的责任。当拉吉波还是一个孩子的时候，他就被带到巴曼哈第这家工厂来了。和这个孩子住在一起的，只有他那位慈爱的姑母。他们就住在波巴尼丘龙家的附近。莫哈玛娅是拉吉波童年时代的好友，而且又为拉吉波的姑母所钟爱。

拉吉波逐渐长到十六岁，十七岁，十八岁，甚至过了十九岁。尽管姑母一再催促，可是他还是不想结婚。这位老板看到这个孟加拉小伙子有如此不寻常的见识，十分高兴，他以为这个小伙子是把他作为自己生活的典范了，因为这位先生就是一个光棍汉。不久，拉吉波的姑母去世了。

在这方面，由于缺少陪嫁所需要的开支，莫哈玛娅也没有找到门当户对的新郎。她的妙龄年华很快就要过去了。

不必赘述，读者也明白，虽然缔结姻缘之神到如今对这一对青年男女一直表现出一种特殊的冷漠态度，可是连结爱情的纽带之神却没有虚度时光。当年老的主管宇宙之神正在打瞌睡的时候，年轻的爱神却十分清醒。

爱神的影响，在不同的人身上表现是不同的。拉吉波在她的鼓舞下一直在寻找机会想倾诉几句心里话，可是莫哈玛娅却不给他这样的机会。她那平静深沉的目光，在拉吉波激荡的心里，掀起了一层层恐惧的波浪。

今天，拉吉波上百次地发誓恳求，才把莫哈玛娅叫到这座破庙里来，他打算今天把想说的话统统都讲给她听。这之后，对他来说不是终身幸福，就是虽生犹死。可是，在这一生中关键的时刻，拉吉波却只是说："走吧，我们去结婚吧。"说完之后，便尴尬地站在那里，就像一个忘记功课的学生似的沉默不语。拉吉波提出这样的建议，是出乎莫哈玛娅的预料之外的，所以她沉默了好一会儿都没有讲话。

大作家讲的小故事

中午，有许多不可名状的悲哀的声音。在这寂静的时刻，这些声音更加清晰了：一扇半连着门枢的破庙门，在风中缓慢地、一次又一次地时开时闭，发出了极其低沉的悲鸣；栖息在庙上部窗棂上的鸽子，在咕噜咕噜地叫个不停；在庙外的一棵木棉树上，啄木鸟发出了单调的嘟嘟的啄木声；一只蜥蜴从一堆堆枯枝败叶上飞快地爬过，发出了嗖嗖的声响。一阵热风忽然从田野吹来，所有的树叶都簌簌地响了起来，河水猛然苏醒了，击打着那断裂的河边台阶，发出了哗哗的响声。在这些突然出现的懒散的声音里，还可以听到牧童在远处的一棵树下吹奏乡间小调的笛声。拉吉波不敢去看莫哈玛娅的脸，他靠着庙里的墙壁伫立着，凝望着河水，犹如一个疲倦的进入梦境的人。

过了一会儿，拉吉波转过脸来，再一次乞求地望着莫哈玛娅。莫哈玛娅摇着头说道："不，这不行。"

莫哈玛娅一摇头，拉吉波的希望也随之破灭了。因为拉吉波完全清楚，莫哈玛娅的头是按照莫哈玛娅的意愿摇动的，还没有谁能把自己的意志强加给她。多少世代以来，莫哈玛娅的家就以名门望族而自豪，她怎么能同意嫁给像拉吉波这样出身卑微的婆罗门呢？爱情是一回事，而结婚又是另一回事。莫哈玛娅终于明白了，是因为自己不加检点才使拉吉波如此胆大妄为，她准备立刻离开这座破庙。

拉吉波理解到她的心意，就急忙说："我明天就要离开这里。"

开始，莫哈玛娅想对这个消息表现出一种毫不相干的态度，但她却没有做到。她想离开，脚又不肯动，于是平静地问道："为什么？"

拉吉波说："我的老板要从这里调到索那普尔的工厂去，他要带我一起走。"

莫哈玛娅又沉默了很久。她想道:"两个人的生活道路是不同的。不能永远把一个人留在自己的身边。"于是她微微张开那紧闭着的嘴唇,说道:"好吧。"这话听起来就像一声深深的叹息。

莫哈玛娅说出这两个字,又准备走开,就在这时候,拉吉波惊愕地说道:"你哥哥!"

莫哈玛娅看见波巴尼丘龙正向庙里走来,知道他已经发现了他们。拉吉波意识到莫哈玛娅的尴尬处境,就想从庙的断墙上跳出去逃走。莫哈玛娅用力握住他的手,把他拉住了。波巴尼丘龙走进庙里,只是默默而平静地看了他们两个人一眼。

莫哈玛娅望着拉吉波,镇静地说:"拉吉波,我一定到你家里去。你等着我。"

波巴尼丘龙不声不响地从庙里走了出去,莫哈玛娅也不声不响地跟着他走了,而拉吉波却呆呆地站在那里,仿佛被判处了绞刑。

二

就在这天夜里,波巴尼丘龙拿来一件红绸纱丽,对莫哈玛娅说:"你把这件衣服穿上。"

莫哈玛娅把衣服穿上了。接着他说:"跟我走。"

对于波巴尼丘龙的命令,甚至他的一个暗示,没有人敢不服从,莫哈玛娅也不例外。

当天夜里,他们两个人向河岸上的火葬场走去。火葬场离家不很远。在那里有一个放置垂死人的小屋。在那间小屋里,一个老婆罗门正在等待着死神的降临。他们俩走到他的床边,站住了。小屋的一角有一个婆罗门祭司,波巴尼丘龙向他做了暗示,他很快就做好婚礼的一切准备。莫哈玛娅明白,这是要她和这个

大作家讲的小故事

垂死的人结婚，可是，她没有丝毫反对的表示。在附近两处火葬堆微弱火光的照耀下，在这间几乎昏黑的小屋里，在喃喃的咒语和病人临死前痛苦的呻吟声中，为莫哈玛娅举行了婚礼。

婚礼之后的第二天，莫哈玛娅就成了寡妇。对于这个不幸的事件，这位寡妇并没有感到过分的悲伤。拉吉波也是如此，莫哈玛娅成为寡妇的消息，并不像出人意料的结婚消息那样，使他受到沉重的打击。相反，他甚至感到一点欣慰。然而，他的这种心情并没有保持多久。当第二次沉重打击袭来的时候，拉吉波彻底被击垮了。他获悉，今天火葬场举行隆重的仪式，莫哈玛娅将焚身殉夫。

最初，他想把这个消息告诉老板，希望在他的帮助下能制止这个残酷的举动。后来，他想起来，老板今天已经动身到索那普尔去了。老板本想把他一起带走，可是拉吉波请了一个月的假，所以才留下来。

莫哈玛娅曾经对他说："你等着我。"他无论如何也不能背弃她的叮嘱。现在他请了一个月的假，如果需要他可以请两个月、三个月，甚至放弃现在的差事，挨家挨户地去讨饭，也要终身等着她。

黄昏时分，正当拉吉波像个疯子似的想跑出去自杀或者做点什么事情的时候，突然间狂风大作，暴雨滂沱。拉吉波感到，这样的暴风雨将会把房子摧毁。当他觉得外部自然界也和他的内心世界一样，正在经历着一场伟大革命的时候，他仿佛平静了一些。他感到整个自然界都在替他发泄某种不满。他自己想竭力去做而又做不到的事情，大自然和苍天大地联合起来，竟然替他做到了。

就在这时候，有人从外面用力推门。拉吉波急忙把门打开。

一个女人走进屋来,身穿一件湿漉漉的衣服,头上的一块面纱把整个面部都遮住了。拉吉波一眼就认出她是莫哈玛娅。

他用激动的语调问道:"莫哈玛娅,你是从火葬堆里逃出来的吗?"

"是的。"莫哈玛娅回答道:"我曾经向你许诺,要到你家来。我现在是来履行这个诺言的。可是,拉吉波,我不是原来那个我了。我的一切全变了,只有我的心还是原来那个莫哈玛娅的心。现在只要你提出,我马上可以回到火葬堆里去。但是,如果你发誓,永远不揭开我的面纱,不看我的脸,那么,我就会在你家里住下来。"

从死神的手中把她夺回来,这就够了,其余的一切都是微不足道。于是拉吉波急忙说:"你就住下来吧。一切都照你的意愿办。要是你离开我,那我也就活不成了。"

莫哈玛娅说:"那么立刻走。我们到你老板那里去。"

拉吉波放弃了家中的一切,带着莫哈玛娅,冒着暴风雨出发了。这样的暴风雨使他们很难站住脚,被狂风卷起来的沙砾,像散弹似的打在他们的身上。由于担心路边的树木会倒下来砸在头上,他们就避开大路,在旷野里走着。狂风从背后追打着他们。暴风雨好像要把这一对青年赶出人间,推向毁灭似的。

三

读者千万不要认为,这个故事是极不真实和不可能的。在寡妇焚身殉夫的习俗盛行的年代,据说经常发生这样的事情。

莫哈玛娅的手脚被捆住后,就被放到火葬堆上,并且在规定的时间点燃了火。火苗呼呼地蹿上来,这时狂风暴雨大作。前来主持火葬的人们,急忙躲进那间停放死人的小屋里,然后关上了

大作家讲的小故事

门。没多久，大雨就把火葬堆里的火焰浇灭了。这时，捆绑莫哈玛娅双手的绳子被烧成灰烬，她的两只手可以自由活动了。莫哈玛娅忍着烧伤的剧痛，一声没哼地坐了起来，解开脚上的绳索。然后裹上多处被烧坏的衣服，几乎半裸着身子从火葬堆上下来，先走回家去。家里一个人也没有，都去火葬场了。莫哈玛娅点上灯，换了一件衣服，对着镜子看了一下自己的脸。她把镜子摔在地上，仿佛在思考着什么。然后用一条长长的面纱遮住脸，向附近的拉吉波家里走去。后来发生的事情，读者都知道了。

莫哈玛娅现在住在拉吉波的家里，可是拉吉波的生活并不幸福。两个人之间不过隔着一层面纱，但是，这层面纱却像死亡一样地持久，甚至比死亡更令人痛苦。因为死亡所造成的分离的痛苦，由于绝望，会随着时间的流逝而逐渐淡薄，而这层面纱所造成的隔离，却每时每刻都在煎熬着活生生的希望。

莫哈玛娅一向性情沉静，而面纱里面的那种沉静，双倍地令人难以忍受。她仿佛就生活在死亡中间。这种沉寂的死亡包围着拉吉波的生活，使它一天一天变得枯燥无味。拉吉波失去了从前所熟悉的那个莫哈玛娅。从童年起，他就一直在自己的生活中保持着对她的美好回忆，可是这个罩着面纱的长期默默生活在他身边的形象，却妨碍着他的这种美好回忆。拉吉波常常在想，人与人之间自然隔着许多栅栏，莫哈玛娅更像《往世书》中描写的迦尔纳①，一生下就带着护身符，她一生下来就在自己性格的周围罩上了一层帷幕；后来她仿佛又降生了一次，在自己的周围又加上了一层帷幕。她虽然一直生活在拉吉波的身边，可又显得那么遥远，使得拉吉波无法接近；他只能坐在一个魔力的圈外，怀着

---

① 迦尔纳：《往世书》和《摩诃婆罗多》中的人物，为其母和太阳神所生，一生下来就身披铠甲，手执兵刃。

一种不满足的心情，企图看穿这薄薄而又坚实的奥秘——恰似天上的星星一夜又一夜地虚度时光，想以自己那清醒的、永不闪动的、低垂的目光，看穿这漆黑的夜幕一样。

　　这两个没有伴侣的孤独的生灵，就这样在一起过了很久。

　　一天，正是新月出现后第十个夜晚，是雨季以来第一次云开月现。静谧而明朗的月夜，清醒地坐在沉睡的大地的床前。那一夜，拉吉波毫无睡意，坐在自己房间的窗台上。闷热的树林，把一股股香气和蟋蟀的懒洋洋的低鸣送进了他的房间。拉吉波看到，在一行行黑黝黝的树木旁边，寂静的小湖犹如一个擦亮的银盘在闪闪发光。在这种时候，很难说一个人是否会有清晰的思想。只有他的整个心潮向着某个方向流去——宛如森林散发着阵阵芳香，又像黑夜发出一声声蟋蟀的低鸣。拉吉波在想什么，我不知道。不过他感到，今天好像一切陈规戒律都破除了。今天这个雨季之夜揭开了它的云幕，今天这个夜晚显得宁静、优美、深沉，正像昔日的莫哈玛娅一样。他的全部身心一起涌向那个莫哈玛娅了。

　　拉吉波就像一个梦游人似的站起来，走进莫哈玛娅的卧室。莫哈玛娅当时正在酣睡。

　　拉吉波站在她的身边，皎洁的月光洒在她的脸上。他低头一看，哎呀，多可怕啊！昔日那熟悉的面孔哪儿去了？火葬堆的烈火用它那残酷的贪食的火舌，舔噬了莫哈玛娅左颊上面的容颜，留下了它那贪婪的痕迹。

　　我猜想，拉吉波一定非常惊讶；我猜想，从他的嘴里一定发出了某种无法形容的声音。莫哈玛娅被惊醒了，她看见拉吉波站在她的面前。她立刻罩上面纱，马上从床上站起来。拉吉波知道这一次她要大发雷霆了。于是他伏在地上，抱住她的腿，说道：

大作家讲的小故事

"原谅我吧!"

莫哈玛娅一句话也没说,连头也没回,就从房间里走了出去。她再也没有回到拉吉波的家里来。到处都没有找到她。她那沉默的怒火,在那毫不留情的诀别时刻,给拉吉波的整个余生烙上了一道长长的伤痕。

1892年法尔衮月

 赏析与品读

《莫哈玛娅》是泰戈尔短篇小说中的代表作,描述了一对恋人的不幸遭遇。其中关于焚身殉夫的描写,是印度文学史上较罕见的直面旧制度弊端的一个部分。少女莫哈玛娅因为家族压力被迫与初恋拉吉波分开,而等待她的,是垂死的丈夫,和丈夫死后所必须面临的火葬堆。泰戈尔将这个制度中最残忍的部分,通过莫哈玛娅和拉吉波的心理描写传达出来,这样一种间接渲染的形式,比直接描写更让人印象深刻,也更让人震撼。

除了对包办婚姻的控诉,《莫哈玛娅》奠定了泰戈尔短篇小说大师地位的原因更在于,他渗透在作品中的情怀。不畏强权,关怀弱者,这样一条仁爱的主线始终贯穿在他的作品里,在记录历史、社会与人生的同时,字里行间所透露出来的悲悯气息,是作者高尚人格的真实写照。

乌云和太阳

董友忱 译

● 带着问题读一读，你会收获更多 ●

1. 乌云和太阳这两个演员在天空的舞台上表演，那地面的舞台上，又是哪些演员在表演人生的戏剧呢？围绕邵什普松这一主人公，作者描述了哪些人物和社会现实？赞扬了什么，又批判了什么？
2. 文章开篇描述的吉莉巴拉送李子的场景，分别表现了男女主人公什么样的性格？

大作家讲的小故事

一

前一天下了一场雨。今天雨停了。清晨，忧郁的阳光和几朵乌云联合起来，在几乎成熟的稻田上，轮番挥舞着各自的画笔，把一幅辽阔碧绿的田野画卷，一会儿描绘得金灿灿，一会儿又涂上了一层浓重的阴影。

在整个天空的舞台上，只有乌云和太阳这两个演员在表演着它们各自的节目，而在地面的舞台上也有无数的戏剧在上演。

当我们在为一出生活小剧拉开帷幕的时候，就可以看到乡村路边的一座房子。这房子只有靠外边的一间是砖砌的，其余几间都是土坯房，两侧有一道破旧的砖墙围绕着。站在这条路上，透过窗棂可以看到，一个青年人光着膀子坐在木床上。他左手拿着一本书，正在专心地阅读着。

在外面的乡村小路上，一个身穿条格衣服的小姑娘，用衣襟兜着一些黑李子，正在一个接一个地吃着，同时在那扇装有铁条的窗子面前一次又一次地踱来踱去。看她的表情，你就会明白，她和坐在屋子里木床上的那个读书人一定很熟悉。她想方设法吸引他的注意力，并且想以一种沉默的蔑视神情向他暗示："现在我正在忙着吃黑李子，根本顾不上看你。"

不幸的是，坐在屋子里埋头学习的那位青年，眼睛近视，他看不清楚在远处默默等待着他的那个小女孩。小姑娘也知道他近视，因此在长时间地踱来踱去而毫无结果之后，她就不得不使用黑李子核来作为武器，以取代沉默的蔑视。想要在瞎子面前保持高傲的态度，那是很困难的。

三四个坚硬的李子核仿佛偶然落在门上，发出了声响，这时正在读书的青年抬起头来，向外望去。狡猾的小女孩注意到了这一点，就以双倍的注意力从衣襟里挑选可以吃的成熟的李子。年轻人皱着眉使劲地看了一下，才认出了小姑娘，于是放下书本走到窗前，满脸堆笑地叫道："吉莉巴拉！"

吉莉巴拉一面全神贯注地埋头挑着衣襟中的黑李子，一面慢悠悠地一步一步离开了这座房子。

眼睛近视的这位年轻人立即意识到，这是对他在无意中所犯的罪过的一种惩罚。他急忙走出房间，说道："我说吉莉巴拉，你今天怎么不给我带李子来呀？"吉莉巴拉没有理睬他的话，反复挑选着李子，最后捡出来一个，悠然自得地开始吃了起来。

这些李子都是吉莉巴拉家中园子里产的，她每天都带一些来给这位年轻人。我不知道吉莉巴拉是否把这件事忘了，但是她的行动表明：这些李子是为她自己一个人带的。可是，使人不解的是，从自己家园子里摘了水果，跑到别人家的门前来吃，这是什么意思呢？当时这位青年走到她面前，握住她的手。吉莉巴拉一开始扭来扭去，想把手抽回来，可是后来突然流着眼泪，哭了起来，并且把李子扔在地上，就急忙跑掉了。

早晨活泼易动的阳光和乌云，到了傍晚就安静下来，并且现出了疲惫的表情；臃肿的白云聚集在天边的角落里；逐渐暗淡下来的夕阳，在树叶上、池塘的水中和被雨水冲洗过的自然界的每一个机体上熠熠闪光。这个小姑娘又来到这个窗前，房间里仍然坐着那个青年。所不同的是，这次小姑娘的衣襟里没有李子，年轻人的手中也没有书本。也许，还有一些比这更为重要的隐蔽的区别。

很难说，有什么特别的需要，使这个小姑娘当天傍晚又跑到这个特别的地方来。不管有什么需要，反正在小姑娘的行动中，无论如何都看不出她想和那个坐在房子里的年轻人谈话的迹象。

大作家讲的小故事

　　看来，她来这里是想看一看，早晨她扔在这里的那些李子，晚上是否有发芽的了。

　　不发芽可能有各种原因，但其中比较重要的一个原因就是，这些水果现在都堆放在这个青年面前的木床上了。当这个小姑娘不时地低头假装寻找某种想象的东西的时候，这个青年就在心里暗自发笑，并且十分严肃地一个一个挑选李子，专心地吃着。后来，有几个李子核偶尔落在她的脚边，甚至落在她的脚上。这时候吉莉巴拉才明白，原来这个年轻人是在对她的高傲态度进行报复。但是，难道能这样对待她吗？当她准备牺牲自己那颗小小心灵中蕴藏着的一切傲气，来寻找机会投降的时候，竟然在如此艰难的道路上为她设置障碍，那岂不是太残酷了吗？她是来投诚的——小姑娘意识到这一点之后，她的面颊渐渐现出了红润，于是她开始寻找逃跑之路。这时候，那位青年走出房间，抓住了她的手。

　　这时候也同早晨一样，小姑娘扭来扭去，竭力想把手抽回来逃走，可是这次她没有哭。相反，她红着脸，把头偏向一边，把脸藏在这位压迫者的背后，大笑起来。仿佛只是由于外界的引诱她才被俘，并且像一个战败的俘虏似的，走进了这个四周围绕着铁栅栏的囚室。

　　正如天上的太阳和乌云的戏耍一样，在地上的一个角落里，这两个生灵的戏耍也同样显得平凡和转瞬易逝。天上的太阳和乌云的戏耍并不寻常，而且也并非戏耍，只不过我们把它看做戏耍而已；同样，这两个无名的小人物在一个空闲的雨天里所发生的这个短小的故事——在人世间成千上万的事情中，可以看做是一件微不足道的小事，然而，它并非小事。年迈而伟大的命运之神，总是带着一副刚毅而严肃的面孔，无休止地把一个时代织进另一个时代；也就是这位年迈的老神，让人生中的苦乐种子在这位小姑娘的早晨和晚上的微不足道的哭声笑语里发出幼芽来。然而，小姑娘这种毫无缘故的委屈，不仅观众无法理解，而且这出小剧的主要演员——上述那位青年也认为是没有道理的。这个小姑娘为什么有时懊恼，有时又表现出无限的柔情；为什么她有时增加这个青年的每日俸禄，有时又完全停止对他的供应？要找到这些问题的答案，并不容易。某一天，她仿佛集中了所有想象、智慧和能力，想来赢得这位青年的欢心，某一天，她又集中了所有微弱的力量和狠心，企图向他袭击。如果她没能使他痛苦，她的狠心就会双倍地增加；如果她达到了目的，那么，她那颗狠心就会在同情的泪水中融化，并且化做千万条涓涓的溪流。

太阳和乌云戏耍的第一个小故事，将在下一章里简要地叙述到。

二

村里的人都结成帮派，他们搞阴谋，诬告别人，种植甘蔗，贩卖黄麻，而只有绍什普松和吉莉巴拉两个人，在探讨人的感情和研究文学。

对此倒没有人感到好奇和担心。因为吉莉巴拉才十岁，而绍什普松已经是一个获得文学硕士和法学学士的成年人了。他们两人只不过是邻居罢了。

吉莉巴拉的父亲霍罗库马尔，一个时期曾经是本村土地的转租人。现在由于家境衰落，他卖掉了一切家产，当上了一个住在外乡的地主的管事人。他就在自己所居住的乡里为那个地主经管田产，所以他就可以不必离开他的旧居。

绍什普松通过文学硕士考试之后，又通过了法学考试，但是现在他什么工作都没有沾边。

大作家讲的小故事

他和人们交往或在开会的时候，总是少言寡语。他也很少离开自己的家门。因为眼睛近视，他都不能辨认熟人，所以他总是皱着眉头看人，而人们都把这看做是一种高傲的表现。

在加尔各答的人海中，不和别人交往，倒也无妨，但是在乡村，这就会被看做是一种独特的清高的表现。绍什普松的父亲多次劝说儿子出去工作，但都毫无效果，最后只好叫他这个无所事事的儿子到乡下去，照看他们在那里的一些家产。绍什普松来到乡下之后，经常受到村民们的欺压、讥笑和谴责。他受到谴责还有一个原因：喜欢安静的绍什普松不想结婚——而那里受女儿拖累的父母亲们，都认为他这种态度是一种无法容忍的傲慢，因此无论如何都不能原谅他。

人们越是欺负绍什普松，他就越是躲在自己的小窝子里不肯露面。他坐在拐角上的一个房间里，在一张木床上堆了许多英文书籍，他喜欢哪一本，就读哪一本。这就是他的工作，至于他如何照管田产，那就只有田产自己知道了。前面已经说过，在人们中间，只有吉莉巴拉和他亲近。

吉莉巴拉的几个哥哥都在学校里读书。每当他们放学回来，就常常考问他们这位傻呵呵的妹妹：地球的形状是什么样子？有一天还问她：太阳大还是地球大？她要是回答错了，他们就会用一种很轻蔑的态度来纠正她的错误。对于太阳比地球大这一类的问题，如果吉莉巴拉感到缺乏证据，并且敢于表示怀疑，那么，她的哥哥们就会更加轻蔑地对她说：

"哼！我们书上就是这样写的。而你……"

吉莉巴拉听说书上就是这样写的，就没有什么可说的了，也就是说，不再需要第二个证据。

但是她心里十分希望，她也能像哥哥们一样读书。有时她坐在自己的房间，打开一本书，嘟嘟囔囔装作读书的样子，一页一页不停地翻阅着。印在书本上的那些黑黑的、小小的、她不认识的字母，其中"i"、"oi"、"r"等字母的肩上都扛着步枪，仿佛列队守卫在一座巨大而神秘的宫殿的门前，它们根本不肯回答吉莉巴拉提出的任何问题。《寓言集》不肯把关于老虎、豺狼、马和驴的故事讲给这位好奇的小姑娘听，《故事蔓》①仿佛发誓要让自己的所有故事保持沉默似的。

　　吉莉巴拉曾经建议她的哥哥们教她读书，可是他们根本不听她的话。只有绍什普松一个人肯帮助她。

　　最初，吉莉巴拉感到，绍什普松就如同《寓言集》和《故事蔓》一样，难以理解和充满神秘。在靠近路边的那个装有铁窗棂的小房间里，这位青年经常独自一人坐在木床上，埋头读书。吉莉巴拉也常常握着窗棂站在外面，惊奇地望着这位躬身屈背、埋头读书的怪人。她比较一下书的数量，心里断定，绍什普松比起她的哥哥来更有学问。再也没有比这更使她吃惊的事了。她毫不怀疑，绍什普松肯定把世界上所有最重要的课本，诸如《寓言集》等等，都读完了。因此，当绍什普松一页一页翻书的时候，她就一动不动地站在那里，她无法估量他究竟有多少知识。

　　最后，这个惊奇的小姑娘引起了眼睛近视的绍什普松的注意。有一天，绍什普松翻开一本封面闪闪发光的书，对她说道："吉莉巴拉，你来看看这幅插图。"吉莉巴拉立即跑掉了。

　　但是第二天，她又穿了带条格的衣服，站在那个窗子的外面，还是那样沉默而聚精会神地注视着正在学习的绍什普松。那一天，绍什普松又叫了她，可是她又甩着小辫，气喘吁吁地跑掉了。

　　他们就这样开始认识了。但是从什么时候开始他们逐渐亲近

---

① 《故事蔓》：伊绍罗琼德罗·比代沙戈尔写的一本故事集。

大作家讲的小故事

起来，又是什么时候这个小姑娘从窗外走进绍什普松的房子里，坐在他那张堆放书籍的木床上的？要准确地弄清这个日期，就必须进行专门的历史考证。

绍什普松开始教起吉莉巴拉读书写字来了。大家听说了一定会发笑的：这位老师不仅教他的小学生学习字母、拼写和语法，而且还翻译很多长诗读给她听，并且还征求她对这些诗的意见。小姑娘能否理解，那只有天晓得。不过她很喜欢这样做，这是毫无疑问的。她将理解的和不理解的掺合在一起，在自己那颗童心里描绘出各种千奇百怪的想象的图画。她默默地睁大眼睛，用心地听着，间或提出一两个不当的问题，有时还突然转到另一个毫不相干的话题上去。在这种情况下，绍什普松从来不打断她的话——听到这位小评论家对那些长诗的褒贬评述，他感到特别高兴。在全村，只有这位吉莉巴拉是他唯一的知音。

绍什普松和吉莉巴拉开始认识的时候，吉莉巴拉才八岁，现在她已经十岁了。在这两年内，她学会了英文和孟加拉文字母，并且读了三四本浅显的书。同时绍什普松觉得，这两年的乡村生活也并不十分枯燥和寂寞。

三

然而，绍什普松和吉莉巴拉的父亲霍罗库马尔，相处并不融洽。起初，霍罗库马尔曾经就诉讼的事情来请教过这位硕士兼学士。可是，这位硕士兼学士对此并不感兴趣，并且毫不犹豫地承认，他自己并不懂法律。这位地主的管事先生则认为，这纯属借口。就这样，两年一晃就过去了。

现在，这位管事先生想制服一个不听话的佃户。他打算提出不同的罪名和要求，到几个不同的地区去控告那个佃户，为此霍罗库马尔特意来向绍什普松请教。绍什普松不但没有替他出主意，反而从容坚定地说了几句很刺耳的话，使得霍罗库马尔感到很不舒服。

另一方面，霍罗库马尔控告佃户的官司一场都没能打赢。他坚信，一定是绍什普松替那个可恨的佃户出了主意。他发誓要立即把绍什普松从村子里赶出去。

绍什普松发现，牛跑进了他的田里，他的豆垛又着了火，别人还为地界常和他发生争吵，他的佃户非但不肯交租，还准备诬告他，甚至他还听到人们风言风语地传说，他如果晚上出来，就会挨揍，还有人准备夜里烧他的房子，等等。

最后，这位性情温和、喜欢安静的绍什普松，准备离开这个村子，逃回加尔各答去。

绍什普松正要动身的时候，副县长大人驾到，并且在村子里架起了帐篷。卫兵、警官、侍从、马夫、清扫夫、狗、马等等，搅得整个村子不得安宁。孩子们就像追随着老虎的一群豺狼一样，怀着好奇和胆怯的心理，在这位大人的帐篷外面游来荡去。

这位管事先生想起过去招待客人的开销，照例供给这位大人鸡、蛋、油、奶等物。管事先生慷慨地供给副县长大人的食物，大大地超过了他所需要的限度，但是有一天早晨，大人的清扫夫来了，他吩咐管事先生马上拿出四公斤酥油来喂大人的狗。霍罗库马尔对于这种讹诈简直无法忍受，于是他对清扫夫说："大人的狗尽管比当地的狗消化能力强，但是这么多的酥油对它的健康是不会有益的。"于是就没有给他酥油。

清扫夫回去后，禀告了大人，说他到管事那里，打听从什么地方可以弄些肉来给狗吃，但是因为他属于清扫夫种姓，管事先生就瞧不起他，而且当着众人的面把他赶走了，甚至还狂妄地对

大作家讲的小故事

大人表现了轻蔑的态度。

一般说来，一个婆罗门以自己的高贵种姓而自居，就会使洋大人感到无法忍受，何况他竟敢污辱他的清扫夫呢。因此这位大人勃然大怒，他立即命令侍从："去把管事叫来！"

管事先生浑身颤抖，默默念颂着杜尔伽女神的名字，立在大人的帐篷前。这位洋大人从帐篷里款款地走出来，操一口外国的腔调，大声问道："你为什么把我的清扫夫赶走？"

霍罗库马尔战战兢兢、双手合十地报告说，他从来不敢这样无理——把大人的清扫夫赶走，但是为了狗的健康，尽管一开始他确实委婉地表示，不赞成一下子给狗四公斤酥油，可是后来还是派人到各地搜集酥油去了。

大人问他都派谁去了，派到什么地方去了。

霍罗库马尔马上说出了几个来到嘴边的名字。为了弄清是否真有这些人到那些村子去弄酥油，大人派出去几个腿脚快的人去调查，同时把管事先生留在帐篷里。

被派出去的人下午回来后，向大人报告说，根本没有人到什么地方去弄酥油。于是这位县官就认定，管事说的全是假话，而清扫夫说的才是实情。当时这位副县长大人气得大发雷霆，于是把清扫夫叫来，对他说："你揪住这个小舅子的耳朵，围着帐篷跑上他几圈！"清扫夫毫不迟疑，当着众人的面，执行了大人的命令。

这个消息很快传遍了全村的家家户户，霍罗库马尔回到家里，饭也不吃，就像死人一样，一头躺在床上。

管事先生在替地主经管田产的过程中，得罪了不少人，他的这些仇人都为这件事感到高兴。但是正准备动身到加尔各答去的绍什普松，听到这个消息之后，全身的热血都沸腾了，他一夜都

没有入睡。

第二天一早,他就来到了霍罗库马尔的家里。霍罗库马尔拉着他的手,激动得哭了起来。绍什普松对他说:"你应当控告他污辱人格,我当你的辩护人。"

霍罗库马尔听说要他去控告副县长大人,开始很害怕,绍什普松却毫不动摇。

霍罗库马尔要求给他时间考虑一下。但是当他发现这件事已经传遍了四面八方,而且他的仇人们正在兴高采烈的时候,他就再也坐不住了。于是他就请求绍什普松来帮忙,并对他说:"孩子,我听说你正准备回加尔各答去,你又没有什么原因非去不可。你千万不能走。有你这样一个人在村子里,我们就会勇气倍增。无论如何,你应当替我洗刷这个奇耻大辱!"

四

这位绍什普松,长期来一直避开人们的目光,躲在无人的小屋子里,洁身自保,今天他却公然挺身到法院里来了。县长听说他来控告,就把他叫到自己的私人房间,很谦恭地对他说:"绍什先生,这个案子私下和解不好吗?"

绍什先生皱着眉,用他那双近视的眼睛,盯着桌子上的一本法典的封皮,说道:"我不能这样劝说我的委托人。他是当众被侮辱的,怎么可以私下和解呢?"

他们交谈了几句之后,县长就明白了,轻易地说服这个眼睛近视、话语不多的人,是不可能的。于是他说道:"好吧,先生,结果如何,让我们等着瞧吧!"

说完之后,这位县长大人决定推迟审理这起案件的日期,就到郊外旅游去了。

大作家讲的小故事

同时，副县长大人给那位地主写了一封信，在信里写道："你的管事侮辱了我的仆人，并且对我也不尊重。我相信，你一定会对他采取必要的措施的。"

地主很恐惧，于是立即把霍罗库马尔叫来。管事把事情的经过从头到尾说了一遍。地主很生气，对他说："大人的清扫夫要四公斤酥油，你为什么不马上给他？还费什么口舌！难道这能花掉你老子的一个铜板吗？"

霍罗库马尔不能否认，他父亲的财产并不会因此而受到任何损失。他承认自己错了，并说："我的时运不好，所以才做出这种蠢事！"

地主又说道："还有，是谁叫你去控告大人的？"

霍罗库马尔回答说："老天有眼！我真没想去控告他，这都是我们村里的绍什干的。他从来没有帮人打过官司，还是个小孩伢子。他不经我同意，就闯下这起大祸。"

地主听了，对绍什普松非常生气。地主明白，这个人原来是个初出茅庐的新律师，他是想借机闹得满城风雨，在众人面前出出风头。为了尽快使正副两位县长息怒，地主命令管事撤回控诉。

管事带着一些水果作为慰问品，来到了副县长大人家里。他对这位大人说，控告大人完全不是他的本意，这都是村里一个名叫绍什普松的黄口小儿干的——这个年轻律师根本不告诉他一声，就做出了这种无理的事。大人对绍什普松很恼火，而对管事却很满意，并且对于一气之下"处罚"了管事先生深感遗憾。这位大人不久前刚通过了孟加拉语考试，并且得到了奖励。他现在和老百姓讲话都喜欢用文绉绉的孟加拉书面语。

管事说，做父母的有时也会生孩子的气，甚至惩罚他们，但过后就会爱抚地把他们抱在怀里，因此做孩子的就没有任何理由对父母表示怨恨。

　　然后，霍罗库马尔赏了副县长的所有仆人，就到郊外去拜谒县长大人。县长从他口里听到绍什普松的无理行径之后，说道："我也感到很惊奇，我一向认为管事先生是个好人，怎么会事先通知我不愿意私下和解而突然提出控诉呢？这怎么可能呢！现在我才明白了这一切。"

　　最后，县长问管事，绍什普松是否加入了国大党。管事毫不踌躇地回答道："是的。"

　　这位大人凭着他的大人智慧，清楚地意识到，这一切都是国大党捣的鬼。国大党这帮人，到处秘密地寻找机会制造混乱，然后在《甘露市场报》上发表文章，和政府争吵。县长在心里责怪印度政府太软弱，因为这个政府不给予他更大的权力，以便使他一下子把所有这些刺儿头全都镇压下去。从此国大党分子绍什普松的名字，便深深地留在县长的记忆里。

五

　　当生活中的一些大事开始倔强地冒出芽来的时候，那些小事也撒开它们那饥饿的根网，向世界提出自己的要求。

　　绍什普松正在忙于和副县长打官司：他从厚厚的书籍中摘录法律条文，默默地演练自己的发言，审问想象中的证人，并且因为想到开庭时人山人海的场面和打赢这场官司时的胜利情景而有时兴奋得发抖和冒汗。这时候，他那位女学生还是照例拿着她那几乎磨破了的课本和沾上墨水的笔记本，每天按时来到他的门前。有时从园子里给他带一束鲜花，有时给他带来水果；有时她从母亲的贮藏室里给他带来泡菜，有时带来椰子糖，有时带来她家里做的具有菠萝香味的果酱。

大作家讲的小故事

最初的几天吉莉巴拉发现，绍什普松打开一本没有插图的厚厚的硬皮书，心不在焉地翻阅着，看来不像是在认真阅读。从前绍什普松读这些书的时候，总是把其中的某一部分讲给吉莉巴拉听。可是，为什么在这本厚厚的黑皮书里就一点儿也没有值得向吉莉巴拉讲述的东西呢？没有也就罢了，可是，能说是因为那本书太大，而吉莉巴拉太小的缘故吗？

开始，为了吸引老师的注意，吉莉巴拉就用唱歌和读字母的声调，一边使劲地摇晃着上半个身子和小辫，一边大声朗读起来。但是她发现，这并没有什么结果。于是她心里就很生那本厚厚的黑皮书的气。她感到它就像一个可恶的、狠心的、残忍的人一样。那本无法理解的书的每一页，仿佛都板着一副恶人的面孔，默默地向她示威：正因为吉莉巴拉是个小姑娘，所以它才蔑视她。如果有哪一个小偷能把这本书盗走，那么，她就要把她母亲贮藏室的所有果酱都偷出来，奖赏那位小偷。为了毁灭这本书，她向神仙提出了各种不恰当的和无法实现的要求，但是神仙却根本不听，而且我认为也没有必要告诉读者，她究竟提出了一些什么要求。

内心十分苦恼的小姑娘，已经有一两天没有再拿着课本到自己老师家里来了。这一天吉莉巴拉想看看他们两天不见面会有什么变化，于是就利用别的借口，来到了绍什普松房子对面的小路上。她偷偷地望了一下，只见绍什普松放下那本黑皮书，一个人立在铁窗前，做着手势，在用外语讲演。看来，他是在这些铁窗上面试验着如何才能打动法官的心。只知道在书林中漫步而又毫无生活经验的绍什普松，大概在想，古代的得摩斯忒涅斯、西塞罗、柏克、谢立丹等演说家，既然可以运用语言的力量创造出奇迹——以唇枪舌剑推翻了种种不合理的制度，抨击残暴行径和使骄横习气威风扫地，那么，在今天这样的贸易时代，要做到这一点，也并不是不可能的。绍什普松站在这个小村一个破旧的小房间里，研究如何才能使那个以主人自居的高傲的英国佬在全世界面前感到羞愧和进行忏悔。天上的神仙们要是听了，是笑呢，还是哭泣？谁也说不清楚。

那一天，他就没有注意到吉莉巴拉；这姑娘的衣襟里也没有兜着李子。自从上一次她扔李子核那件事被捉住之后，她对于这种水果是特别敏感的。甚至，有的时候绍什普松无意中问道："吉莉，今天没带李子来吗？"——她也认为这是对她的一种暗含的讽刺，因而就会尴尬地说一句："去你的吧！"然后气呼呼地跑掉。今天因为没有李子核，她就不得不采取另一种策略。这位小姑娘忽然朝远处望了一眼，大声叫道："绍尔诺姐姐，你别走，我马上就来。"

男读者大概会认为，她一定是在向着远处的一个名叫绍尔诺洛达的女友打招呼，但是女读者很容易明白，远处并没有任何人，她的目标就在眼前。然而，很可惜，这一箭又没有射中这个"盲人"。绍什普松并不是没有听到，而是没能理解她的心意。他认为小姑娘真是想去玩耍，而且那一天他也不想把正在玩耍的小姑娘硬拉来学习，因为那一天他也正在寻找射向某些人心灵上的利箭。正如小姑娘手中的那支短箭没有射中目标一样，这位受过教育的人的手中的长箭也没有射中目标——读者已经在前面知道了这一点。

李子核倒有一个优点，当你把很多李子核一个一个地抛出去的时候，即使有四个都没有击中目标，那么第五个至少还可以击中。但是，即使想象中的绍尔诺有一千个，你对她喊"我马上就来"之后，还长时间地站在原地不动，那也是不行的。那样的

大作家讲的小故事

话，人们自然就会对于绍尔诺的存在产生怀疑，所以，当这种方法不灵的时候，吉莉巴拉就只好马上走开。然而，要是她真心想和站在远处的一个名叫绍尔诺的女友在一起的话，那她自然会兴冲冲地急速走去，但是从吉莉巴拉的步履中却看不出这一点。她仿佛想通过她的后背来觉察到，是否有人在后面跟着她；当她确实意识到没有谁跟着她的时候，她还是怀着最后一线希望，再一次回过头来向后望了一下，而且由于没有看到任何人，她就把那本散开的课本连同那一线希望撕成碎片，抛撒在路上。如果她有什么办法能把绍什普松教给她的那些知识还给他，那么，她大概就会像扔李子核一样，把所有这一切知识砰的一声扔到绍什普松的门前，然后就扬长而去。小姑娘发誓要在第二次和绍什普松见面之前，把所学的一切都忘掉。绍什普松要是提出什么问题，她就一个也回答不上来！一个也答不上——一个也答不上——就连一个也答不上来！那时候呀，哼，到那时候绍什普松就会感到丢脸！

吉莉巴拉两眼噙着泪水。当她一想到如果她把所学的东西统统忘掉，绍什普松会怎样难过的时候，她那颗被压抑的心就稍微得到了一点儿安慰。但是仅仅由于绍什普松的过错就要忘掉自己所学的一切知识——这位可怜的吉莉巴拉想到这里，她又感到十分惋惜。天空中阴云密布，在雨季里每天都是如此。吉莉巴拉站在路边一棵大树的背后，十分委屈地哭了起来。每天有多少女孩子这样无故地哭泣呀！这也没有什么值得引人注目的。

六

读者们已经知道，为什么绍什普松对法律的研究和演讲的练习都付诸东流了。对副县长的控诉突然撤销了。霍罗库马尔被任命为本县的名誉陪审员。现在，霍罗库马尔穿着一件脏乎乎的长衫，头上缠着一条油渍斑斑的头巾，经常到县里去拜谒那些大人先生。

经过这些天之后，吉莉巴拉对绍什普松那本厚厚的黑皮书的那些诅咒，开始灵验了：它被扔到一个黑暗的角落里，渐渐地被人们忘记了，没有人再去理睬它，而且上面还积满了灰尘。但是，看到那本书不被重视而会感到称心如意的那位小姑娘，现在又在哪里呢？

绍什普松第一次合上法典的那天，他忽然发现吉莉巴拉没有来。当时他就开始一件一件地回忆起这几天来所发生的事。他想起来了：在一个阳光明媚的早晨，吉莉巴拉用衣襟兜来了一大把在雨后采集来的水灵灵的素馨花。当时绍什普松虽然看见了她，但是并没有停止读书，因此她的情绪马上低落下来。她从衣服上取下一根带线的针，低头开始一朵一朵地串起花环来——她串得很慢，过了很久她才串完。黄昏已经降临，到了吉莉巴拉该回家的时候了，可是绍什普松还在读书。吉莉巴拉把花环放在木床上，郁郁不乐地走了。他还记得，吉莉巴拉的委屈情绪好像一天天地加深了。因此，她已经不再到他的房里来了，而只是常常走到他房前的路上就返回去。最后，小姑娘干脆不再到这条路上来了。这已经有好几天了。吉莉巴拉的委屈情绪是不会持续这么久的。绍什普松长长地出了一口气，就像一个茫然若失、无所事事的人一样，背靠着墙坐在那里。那位小女学生不来，他读书也觉得很乏味。他拿过一本书来，翻阅几页，又把它放下。他在写东西的时候，也常常以期待的目光望着路和门的方向，所以根本写不下去。

绍什普松担心吉莉巴拉可能生病了。他暗中一了解，才知道

大作家讲的小故事

这种担心是没有根据的。吉莉巴拉现在已经不再出门。家里为她找了一个婆家。

　　吉莉巴拉那天撕毁了课本并把碎片扔在村中泥泞的路上。第二天一清早，她用衣襟包着各种礼品，快步走出家门。由于天气特别炎热，霍罗库马尔一夜都没有睡着。一大早他就光着膀子坐在外边抽烟。他问吉莉："你到哪儿去？"吉莉回答道："到绍什哥哥家里去！"霍罗库马尔用威胁的语调说道："不要再到你那绍什哥哥家里去了，给我回屋里去吧！"接着他就责备起女儿来了：都快要到婆家去的人了，这样大的姑娘还不知道羞耻！从那天起，就禁止她再到外边走动。因此，她就再也没有机会来消除自己的委屈情绪。浓缩的芒果汁、加香料的果酱和醋泡柠檬只好重新放回贮藏室里。不久开始下起雨来，素馨花纷纷凋落，满树的番石榴已经成熟，被鸟儿啄过的熟透的黑李子，从树枝上滚落下来，每天都铺满一地。嗨，就连那本几乎被撕破的课本也不知道在哪里！

七

　　吉莉巴拉结婚的那天，村里吹起了唢呐。没有被邀请参加婚礼的绍什普松，就在这一天乘船到加尔各答去了。

　　自从撤销了那次诉讼之后，霍罗库马尔总是用恶毒的目光望着绍什。因为他断定，绍什一定会看不起他。从绍什的脸色、眼神和举止行为中，他看到了上千个想象中的证据。他感到，村里所有的人都已经逐渐忘掉他被侮辱的那件事，唯独绍什普松一个人还对那件丑闻记忆犹新，所以他总不敢正面看他。每次遇见他的时候，霍罗库马尔心里总感到有一点儿羞愧，与此同时，一种强烈的憎恶感也就随之产生。霍罗库马尔发誓，一定要把绍什赶出村子。

把绍什普松这样的人赶出村子，并不是什么困难的事。管事先生的夙愿很快就实现了。一天早晨，绍什提着一捆书和几个铁皮箱子上船了。他和这个村子之间存在着的唯一的幸福纽带，今天也被这壮观的婚礼扯断了。从前他完全没有意识到，这条温柔的纽带是多么牢固地维系着他的心呐！现在船已经起航，村子里的树梢和婚礼的鼓乐声越来越模糊不清了。这时候，他那颗浸泡着泪水的心忽然膨胀起来，他的喉咙哽咽，全身热血沸腾，额头上的血管怦怦地激烈跳动；他感到整个世界的景象犹如虚幻的海市蜃楼一样，变得十分模糊起来。

逆风猛烈地吹着。尽管是顺水，但船还是走得很慢。正在这时候，在河中出了一件事，因而中断了绍什普松的航行。

从火车站附近的码头到区中心镇，不久前开辟了一条新的客轮航线。一艘客轮轰轰隆隆地逆流开来，螺旋桨不停地掀起波涛。在这艘轮船上，坐着这家轮船公司的一位年轻的经理和为数不多的几个乘客。乘客中有几个人是从绍什普松所住的那个村子上船的。

一个商人的帆船从后面不太远的地方赶来，想和这艘客轮比试一番，它一会儿赶到前面，一会儿又落在轮船的后边。船夫越赛越起劲。他在第一个帆上面拉起了第二个帆，然后又在第二个帆上面，扯起了第三个小帆。高高的桅杆都被风吹得向前倾斜了，被船劈开的波浪咆哮着，在帆船的两侧狂跳乱舞。帆船犹如一匹脱缰的野马向前飞奔，河道中一处有些弯曲，在那里帆船抄近路赶过了轮船。

经理大人扶着栏杆，兴致勃勃地观看着这场比赛。帆船正以最高的速度前进，并且已经超过轮船两三尺远了。这时候，这位

大作家讲的小故事

　　大人突然举起枪来，瞄准鼓满风的船帆，打了一枪。一瞬间，船帆破裂，帆船沉没了，轮船拐过河湾，也不见了。

　　很难说清楚，经理大人为什么要这样做。我们孟加拉人无法确切地理解这位英国崽子的心情。也许他不能忍受印度帆船和他的轮船竞赛。也许他觉得用枪弹一瞬间把一个又宽又鼓的东西击穿对他是一种野蛮的乐趣。也许在这艘高傲的小船的篷帆上穿几个洞，并且顷刻间结束这艘小船的戏耍，会使他得到一种巨大而恶毒的快感。究竟为什么，我确实不知道。但是有一点是可以相信的，在这个英国人的心目中形成了这样一种信念：他不会因为开了这样一个小小的玩笑而受到某种惩罚。因为在他看来，那些折了船，甚至可能丢掉性命的人，并不能算人。

　　当这位洋大人举枪射击和帆船沉没的时候，绍什普松的小船正在出事地点附近行驶。上述事件的经过，绍什普松都亲眼看到了。他急忙把船开过去，救起了舵手和几个船夫。只有一个坐在船里捣香料的人，没有找到。雨季里河水上涨，水流湍急。

　　绍什普松心中热血翻滚。而审理案件的过程却十分缓慢——它就像一部庞大而复杂的钢铁机器一样，一边权衡着各种意见，一边收集证据，然后才会冷漠地实施惩罚，它缺少人心中的那种激情。但是在绍什普松看来，把愤怒同惩罚分割开来，就如同把饥饿同进餐、希望同享受分开一样，是不正常的。许多罪行当场被发现后，如果不立即亲手施以惩罚，那么，深藏在心灵中的神仙甚至也会对见证人施以报应。在这种时候，如果谁想依靠法律而自我安慰，他就会感到心里有愧。但是，机器的法律和机械化的轮船，载着那位经理，离开绍什普松越来越远了。我不能说这件事会给世界带来什么好处，但是，毫无疑问这次旅行加强了绍什普松的"印度人的脾气"。

绍什带着被救出来的舵手和船夫返回村子。帆船上满载着黄麻。他又派了几个人去打捞，并且建议舵手去警察局控告经理。

但是舵手怎么也不同意。他说："船已经沉没了，现在我不能再让自己也沉没。要控告，首先就得贿赂警察。然后就要把工作抛在一边，不吃不睡，整天往法院里跑。此外，控告了大人之后，会遭到什么不幸？后果如何？——这就只有神仙知道了。"最后，他得知绍什普松本人是位律师，又情愿负担全部诉讼费用，并且完全有把握通过审判使对方赔偿损失，才勉强地同意。但是，当时在轮船上的几个绍什普松的同村人，都不肯提供证据。他们对绍什普松说："先生，我们什么也没有看见。当时我们在轮船的后面，由于马达隆隆作响和哗哗的水声，在那里根本不可能听到枪响。"

绍什普松在心里默默地咒骂着自己的同乡人，亲自到县长那里提出了控诉。

不需要任何证人。经理承认他是放了一枪。他说，当时天上正飞过一群仙鹤，他是瞄准它们开了一枪。轮船当时正在全速前进，并且就在这一瞬间拐进了河湾。所以他就无法知道，是打死了乌鸦，还是打死了仙鹤，还是船沉了。天上和地上有那么多可以猎取的东西，没有哪一个聪明的人，愿意在这块dirty rag——肮脏的破布上，浪费一颗价值四分之一拜萨①的子弹。

经理大人被宣告无罪后，叼着雪茄到俱乐部打牌去了；坐在船里捣香料的那个人的尸体，被冲到了九英里外的河滩上。绍什普松忿忿不平地回到了自己的村子。

他回来的那一天，正赶上人们扎起彩船，送吉莉巴拉到婆

---

① 拜萨：印度货币单位，一个卢比等于十六个阿那，一个阿那等于四个拜萨，一个拜萨等于三个帕伊。

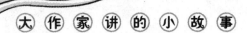
大作家讲的小故事

家去。虽然没人邀请绍什普松，但他还是慢慢地来到了河岸上。河边台阶上聚满了人，但他没有到那里去，而是站在前面不太远的地方。当彩船离开河岸，从他面前经过的时候，他一瞬间又看了一眼新娘子，她正蒙着面纱，低着头坐在船里。很多天以来，吉莉巴拉一直希望，在她离开村子之前，能设法再见绍什普松一面，但是她今天却无法知道，她的老师就站在不远的河岸上。她甚至都没有抬起头来看一眼，只是在默默地哭泣，泪水沿着她的面颊不住地流淌。

船渐渐走远了，在附近的芒果树上，一只鹧鸪悲伤地叫着，似乎总也发泄不完它内心的哀怨。在渡口，船载着人和货物向对岸开去。姑娘们来到河边汲水，高声谈论着吉莉出嫁的事。绍什普松摘下眼镜，擦着眼睛，来到路边的铁窗前，走进那小小的房子里。突然他仿佛听到了吉莉巴拉的声音："绍什哥哥！"——在哪儿，在哪儿呢？哪儿都没有！她不在这房子里，她不在这条路上，她也不在村子里——她是在绍什普松那颗泪水浸泡着的心里。

八

绍什普松收拾好东西，又准备出发到加尔各答去。他在加尔各答没有什么工作，而且到那里去也没有什么特别的目的，因此，他决定不乘火车，而是乘船从水路走。

在雨季雨水最盛的时期，整个孟加拉邦到处水网密布，大大小小、弯弯曲曲的河流纵横交错。在清新碧绿的孟加拉大地上，到处长满了树木、蔓藤、花草、水稻、黄麻和甘蔗，到处生机勃勃，充满青春的活力。

绍什普松乘坐的船，就沿着这些狭窄而弯曲的水道行驶。河水已经没过了河岸。芦苇和水草，有些地方的稻田，都已被水淹没。村里的栅栏、竹林和芒果园，也已接近水边——仿佛是仙女们把孟加拉邦所有树木根部周围的水槽都灌满了水似的。

绍什普松动身的时候，那些刚沐浴过的树林，在阳光下笑盈盈、光闪闪，但是不久天空又布满了乌云，并且开始下起雨来。当时，不论你的目光落到哪里，到处都显得阴郁污浊。在洪水季节，牛群挤在肮脏、泥泞、狭小、四周是水的牛栏里，它们睁着一双可怜巴巴的眼睛，站在那里，被斯拉万月的淫雨淋着。孟加拉邦就像这群牛一样，陷在泥泞、难以通行的丛林里，带着一副沉默忧郁的面孔，痛苦地淋着雨。农民们外出都打着棕叶伞。女人们从一个茅屋走进另一个茅屋，在忙着家务。她们的衣服全被雨淋湿了，潮湿的冷风一吹，浑身瑟瑟发抖。有时她们穿着湿漉漉的纱丽，小心地迈着脚步，来到光滑的河边台阶上汲水。在家里的男人们，都坐在门台上吸烟。如果有重要事情要办，他们就把披肩缠在腰上，提着鞋，撑着伞出去。但是在这个烈日炎炎和大雨滂沱的孟加拉邦，古老而神圣的习俗是不许柔弱的女人们打伞的。

雨一直下个不停，绍什普松坐在船舱里，心里感到很烦，于是决定改乘火车。绍什普松来到一个水面开阔类似河口的地方，系住船，准备去吃点东西。

瘸子的脚掉进壕沟里——这不能全怪壕沟，因为瘸子的脚就特别容易往沟里滑。那天，绍什普松就证明了这个道理。

渔民们在两条河的汇流处插上竹竿，下了一张大网，只是在一侧留了一个通道，供船只通行。他们长期来就一直从事这项工作，并且还为此缴纳税钱。也该他们倒霉！这一年，县警察局长阁下，突然要从这条水路经过。看到他的船来了，渔民们就大声喊着，叫他们绕道走侧路。但是，这位大人的船夫从来就没有尊重人为障碍而绕道走的习惯。于是他就从这张网上面把船开过

大作家讲的小故事

去。网脱落了，船也过去了，但是船桨却被缠住。经过好长时间，费了很大的劲才解开。

警察局长大人气得满脸通红，他命令把船停下。四个渔民看见他那副表情，都吓得逃跑了。局长大人命令他的船夫们砍断渔网。于是他们就把这张价值七八百卢比的大网砍得稀巴烂。

在网上面发泄了自己的愤怒之后，局长大人又吩咐把那几个渔民抓来。警官找不到逃走的那四个渔民，就把随便遇到的四个人给抓来了。这四个人双手合十地苦苦哀求说，他们是无辜的。局长大人命令把这几个被抓来的人带走。正在这时候，戴着眼镜的绍什普松，急忙披上一件上衣，连扣子都没有扣，趿拉着一双便鞋，气喘吁吁地来到局长的船前。他声音颤抖地说："先生，你没有任何权力砍坏渔民的网，更没有权力欺压这四个人！"

警察局长用印地语骂了一句特别粗鲁的话，这时候绍什一下子从不太高的河滩上跳到船里，向这位大人扑去。他就像一个小孩发了疯一样，痛打起那位大人来了。

后来发生的事情，他就不知道了。可以简单地说，当绍什在警察局苏醒过来之后，他不会觉得在那里所受到的待遇能使他在精神上得到安慰，或者在肉体上感到轻松。

九

绍什普松的父亲聘请了律师，首先把绍什从关押所里保释出来。尔后就开始准备打这场官司。

被毁坏渔网的那几个渔民，是绍什普松的同乡，归同一个地主管辖。在困难的时候，他们常常来向绍什请教法律问题。被警察局长用船押来的那几个人，也是绍什普松的熟人。

绍什把他们叫来，请他们当证人。他们都吓得坐立不安。

他们都有妻子、儿女和家庭，一旦和警察过不去，那他们还能得好！人不都只有一条命吗？他们受到的损失既然已经过去了，那么现在又来出庭作证，那岂不是自找苦吃！于是他们说道："先生，你可给我们带来了极大的灾难！"

经过反复劝说之后，他们才同意到法庭上去讲真话。

后来，有一次霍罗库马尔因为到法院来办事，顺便拜谒了县里的大人们。警察局长笑着对他说："管事先生，我听说你的佃户们准备提供假证据来和警察作对。"

"是吗？这怎么可能呢？"管事惊恐地说，"这些肮脏的牲口崽子，竟敢如此胡作非为！"

读者从报纸上已经知道，绍什普松的这场官司没有打赢。

渔民们一个一个出庭作证说，警察局长大人并没有砍坏他们的渔网，只是把他们叫到船上，记下了他们的姓名和地址。

还不仅如此，和他同乡的那几个熟人还证实说，他们当时为了去参加一个婚礼，正好赶到出事的地点，亲眼看见绍什普松无缘无故地跑来侮辱警官。

绍什普松承认，因为大人辱骂他，所以他就跳进船里揍了他一顿。但是主要原因还是大人毁坏渔网和欺压渔民。

在这种情况下，判处绍什普松徒刑，不能说是没有道理的。然而，刑罚是比较重的。他们提出了三四条罪状，打人、非法侵入、妨碍警察执勤等等，这几条罪状都得到了充分的证明。

绍什普松离开了他那间小屋子里的那些心爱的书籍，在监狱里度过了五个年头。绍什普松的父亲想要上诉，但都被他一再阻止了。他说："监狱里好哇！铁锁链不会说假话，而监狱外的那种自由，只会欺骗我们，使我们遭难，而且在监狱里还可以结识好朋友。在这里，说假话的、忘恩负义的坏人就比较少，因为这

大作家讲的小故事

儿地方有限,而在监狱外这种人是很多的。"

十

绍什普松被投入监狱之后不久,他的父亲就死去了。他家里再也没有什么人了。不过,他还有一个哥哥,长期在中央邦做事,很少回家来。他在那里建造了房子,带着他的一家就定居在那里。村子里还有一些家产,其中大部分都被霍罗库马尔以种种借口据为己有。

看来,绍什普松命里注定,他在监狱里受的苦要比大多数囚犯多一些。然而,漫长的五年毕竟过去了。

雨季又到来了。一天,绍什普松拖着瘦弱的身体,怀着一颗空虚渺茫的心,走出了监狱的大门。他获得了自由,但是除了自由,在监狱之外,他一无所有。他既没有家,又没有亲人,更没有朋友,孑然一身。他觉得这个巨大的世界太广阔了。

他正在思考着中断了的人生之线应当从哪里开始。这时候,一辆双马大轿车停在了他的面前。一个仆人走下车来,问道:"您是绍什普松先生吧?"

"是的。"他回答道。

仆人马上打开车门,请他上车。

他惊奇地问道:"让我到哪里去?"

"我的主人请您。"仆人说。

绍什普松无法忍受来往行人的好奇目光,于是就不再询问,匆匆上了车。他想这一定是一个误会。但是总得到一个地方去呀——那就让误会来作为这新生活的序幕吧。

那一天,太阳和乌云在天空中互相追逐着,位于路旁被雨水冲洗过的碧绿的田野,在阳光和云影的辉映下,呈现出五彩缤纷的景象。在市场附近，停着一辆大马车，离它不远有一家食品杂货店。在这个商店里，一伙毗湿奴派的行脚僧，在琴鼓铙钹的伴奏下唱着歌：

来吧，来吧，回来吧！

噢，主人，回来吧！

我那饥饿、干渴、焦灼的心，

噢，情人，回来吧！

车在前进，歌声从越来越远的地方传入耳中：

噢，无情的人，回来吧！

我那可怜、多情的人，回来吧！

噢，美人，温柔清新的含雨之云，回来吧！

歌声越来越微弱和模糊了。已经听不清歌词的内容，但歌声的旋律却在激荡着绍什普松的心，他在自己的心里一行接一行地创作着新的歌曲，并且低声地唱着，仿佛无法停止似的。

我那永恒的幸福，回来吧！

我那永恒的痛苦，回来吧！

我那苦乐交融的财宝，回到我心里来吧！

我那永恒的渴望，回来吧！

我那心灵的眷恋，回来吧！

噢，变化！哎，永恒！

请回到我的怀抱中来吧！

请回到我的内心里来吧！

请回到我的眼睛里来吧！

来吧！到我的睡眠、梦境、服装和首饰中来，

到我那整个的世界中来吧！

到我脸面的微笑中来吧！

大作家讲的小故事

到我眼睛的泪水中来吧!

到我的尊敬,到我的欺诈,

到我的傲慢中来吧!

请回到我那一切记忆中来吧。

请回到我的信仰、功业、爱抚、羞涩、

生生死死中来吧!

马车走进一个围墙环绕的花园,在一座两层楼房的前面停了下来,这时候绍什普松的歌声也停止了。

他什么也没有问,就随着仆人走进屋里。

绍什普松走进一个房间,坐下来。这个房间的四周都摆着高大的玻璃书橱,书橱里装着一排排带有各种颜色封皮的书籍。看到这种情景,他仿佛觉得自己从前的生活又获得了第二次新生。他感到,这些烫金的五颜六色的书籍,就好像是他所熟悉的那扇通往幸福世界的镶着宝石的大门。

桌子上还有几件什么东西。绍什普松用他那双近视眼,低头看了一下。原来是一块有裂纹的石板,石板上面还有几个旧的笔记本,一本几乎撕破了的算术课本,一本《寓言集》和卡什拉姆达斯编译的《摩诃婆罗多》。

在石板的木框上,是绍什普松亲手用墨水写的几个大字:"吉莉巴拉女士。"在笔记本和几本书上,用同一个笔迹写着同样的名字。

绍什普松终于明白他来到了什么地方。他心中的血液翻腾起来。他从敞开的窗子向外望去——在那里他看见了什么呢?那座带有铁窗棂的小房子,那条坎坷不平的乡间小路,那个穿着条格衣服的小姑娘,以及自己那种平静的无忧无虑的独身生活。

当时,他并没有感到那种欢乐的生活有什么不寻常或了不起的地方。生活就在这平凡的工作和欢乐中，一天一天不知不觉地过去，而且他认为，在自己的学习之余教一个小姑娘学习实在是一件微不足道的小事。但是，在村边小屋子里度过的那孤独的岁月，那小小的宁静，那小小的欢乐，小姑娘那张小小的脸……这一切犹如梦境一样，超越了时间和空间的界限，只存在于理想的王国和想象的虚幻之中。当时的所有情景和回忆，同今天这雨季里的阴郁的晨光，以及在心里轻轻哼着的赞歌交织在一起，构成了一幅音波袅袅、光彩夺目的壮丽图景。在那丛林之间泥泞而狭窄的乡间小路上，那个被人轻视的、苦恼的小姑娘的委屈而阴郁的小脸，就像造物主创造的一幅十分优美而又令人惊异、十分深沉而又十分痛苦的天堂美景一样，映在了他内心的屏幕上。在他的心里又响起了悲戚的《基尔东》①歌声，他似乎觉得，整个宇宙之心上的一种无可名状的苦痛，将自己的阴影投置在那位乡村小姑娘的面孔上了。绍什普松双手捂着脸，趴在放有石板和笔记本的桌子上，又开始做起昔日的梦来了。

　　过了很久，他听到一阵轻微的声音，于是惊奇地抬起头来。他看见在他面前放着一个银盘，上面摆着水果和甜食，吉莉巴拉站在离他不大远的地方，在默默地等待着。他一抬起头来，吉莉巴拉就走过来，跪在地上向他行触脚礼。她没有佩戴首饰，一身缟素，完全是寡妇打扮。

　　寡妇站起来后，用她那双怜悯而深情的眼睛，望着面容憔悴、脸色苍白、身体瘦弱的绍什普松，泪水涌出了她的眼窝，并且沿着双颊簌簌地流淌。

　　绍什普松想问一问她的身体情况，但是怎么也找不到合适的

---

① 《基尔东》：流行在孟加拉等地的一首叙事民歌，内容多为黑天与罗陀的爱情故事。

大作家讲的小故事

词句；强忍住的泪水堵塞着他的言路，话语和眼泪这两者，都无可奈何地被阻止在喉咙和心口里。那一伙诵唱《基尔东》歌的行脚僧人，为收集布施来到了这所楼房的面前，并且一遍又一遍地重复唱道："回来吧，回来吧！"

1894年阿斯温月至加尔迪克月

赏析与品读

在泰戈尔的短篇小说中，离别是很常见的主题。《乌云和太阳》也不例外。但罕见的是，《乌云和太阳》的故事，是以非常轻快的笔调开始的。知识青年绍什普松，遇见了爱读书的小姑娘吉莉巴拉，小说开篇，吉莉巴拉向屋里扔黑李子核的情节，俏皮活泼的描写，就让男女主人公的出场，清新可人。

但如同小说名"乌云和太阳"一般，太阳的绚丽并不是永远存在的，当乌云来临，人物之间的命运也发生了转折。乌云和太阳的隐喻，将绍什普松和吉莉巴拉的命运牵引出来，从当初明快的小溪，到慢慢分流成各自的河流，两人在命运的分岔路口越来越远。而太阳，同时也象征着绍什普松心中纯洁的理想，他想通过自己的努力改变整个世界，但最终无可奈何地发现，能改变的，只有他自己。泰戈尔在这个人物身上寄托了自己的政治抱负，尽管他将其隐藏在那些温暖忧伤的文字里。

客　人

董友忱 译

● 带着问题读一读，你会收获更多 ●

1. 达拉波特最后为什么离开了坎塔利亚村？文章标题"客人"有什么样的含义？
2. 恰鲁绍湿为什么一再跟达拉波特捣乱？

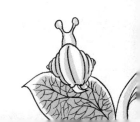

大作家讲的小故事

一

坎塔利亚的地主莫迪拉尔先生,携带着家眷,乘船返回自己的故里。一天中午,他把船停靠在河岸边的一个小市场附近,正准备做午饭,就在这时候,一个婆罗门少年走过来,问道:"先生,你去哪里呀?"

莫迪拉尔先生回答道:"去坎塔利亚。"

婆罗门少年问道:"您能不能顺路把我带到依迪村?"

莫迪拉尔先生同意了,并且问道:"你叫什么名字?"

婆罗门少年回答说:"我的名字叫达拉波特。"

这个皮肤白净的男孩子看上去很漂亮。一双大大的眼睛和他那挂着微笑的嘴角焕发着一种柔和的青春美。他身穿一条脏乎乎的围裤。他那裸露的身体长得十分匀称,仿佛是某一位艺术家精心雕刻出来的一件精美的作品。他在前世仿佛曾经是个少年苦行僧,由于他修过圣洁的苦行,所以,他身体中的大部分器官都已腐烂了,只有这被净化的优美的婆罗门体型仍然清晰地保留下来。

莫迪拉尔先生怀着几分爱怜的心情对他说道:"孩子,你去洗个澡吧,回来就在这里吃饭。"

达拉波特说:"请等一下。"说完,他就毫不犹豫地立即帮厨师做起饭来。莫迪拉尔先生的厨师是印度斯坦人,对于刮鱼鳞这类的活儿他不是那么熟练。达拉波特自己接过他的活儿,并在很短的时间内很麻利地做完了,此外,他还做了两道很好吃的素菜。饭菜做好之后,达拉波特在河里洗了澡,解开包袱,取出了一套雪白的衣服穿上了。他又拿出一把木制梳子,把他那头长长的头发从前额梳向后脑勺,随后将一条婆罗门圣线戴在自己的胸前。他走上船来，站在莫迪拉尔先生的身边。

莫迪拉尔先生把他带到船舱里。在那里坐着莫迪拉尔先生的妻子和他那个九岁的独生女儿。莫迪拉尔先生的妻子安诺布尔娜，看见这个漂亮的少年，心里特别喜欢，因此，她默默地在心里说道："哎呀呀，这是谁家的孩子，他是从哪里来的？他妈妈离开他，心里一定很难过啊！"

吃饭的时候，莫迪拉尔先生和这个男孩子并排地坐在一起。这孩子吃得不多。安诺布尔娜看到他吃得很少，就以为他不好意思，所以就一再请他吃这吃那，但是他都拒绝了，同时又很有礼貌。可以看出，这个少年是完全按照自己的意愿行事的，然而他又表现得很自然，并没有给人留下固执和任性的印象。在他的举动行为中看不到一点儿难为情的痕迹。

大家吃完饭之后，安诺布尔娜让他坐在自己身边，开始询问起这孩子的身世来。但是，详细的情况并没有了解到，不过，总的情况还是知道了一点儿：这孩子在七八岁时自己从家里跑了出来。

安诺布尔娜问道："你没有母亲吗？"

达拉波特回答说："有啊。"

安诺布尔娜问道："她不爱你吗？"

达拉波特对于这种问话感到很惊奇，他笑了一下，说道："怎么会不爱呢！"

安诺布尔娜问道："那么，你为什么离开她呢？"

达拉波特说："她还有四个儿子和三个女儿。"

安诺布尔娜对于少年这种奇怪的回答感到很痛心，于是惊叹道："哎呀妈呀，这是什么话！难道因为有了五个指头就可以去掉一个指头吗？"

达拉波特的年纪还小，他的经历也有限，但是这孩子却是

93

大作家讲的小故事

个有些奇怪的少年。他是他父亲的第四个儿子，幼年就失去了父亲。即便是在这个多子女的家庭中达拉波特也是很受大家宠爱的，母亲、兄弟、姐妹及村里的所有人，都非常喜欢他，甚至教师先生也不打他。即便偶尔打了他一下，所有亲人以及所有不沾亲带故的人都会感到心痛。在这种情况下，他是没有任何理由离家出走的。一个病病歪歪的被人瞧不起的男孩子，即使因为经常偷吃别人树上的水果而受到家里的人加倍的惩罚，他也会留在他所熟悉的村子里，守在曾经打过他的母亲的身边，可是这个全村人都喜欢的男孩子却跟随一个外地的巡回剧团，不声不响地逃离了自己的村庄。

大家出去四处寻找，终于把他找了回来。他母亲把他紧紧搂在怀里，不住地流眼泪，他的姐妹们都在哭泣；他的哥哥为了履行家庭庇护者的严肃职责，本来想轻轻地惩罚他一下，但是最后还是心软下来，给了他更多的爱抚和奖赏。村子里的姑姑们把他叫到各自的家里，企图用更多的宠爱和诱惑来征服他的心，但是对于这种束缚——甚至是爱恋的束缚，他都无法忍受。看来，他的本命星注定使他成为一个无家之人。每当他看到，外国轮船在河里航行，来自远方的一个苦行僧在村子里一棵高大的无花果树下休息，或者吉卜赛人坐在河岸的草地上，编织小片席子和竹篮子的时候，他的心情就无法平静下来。陌生的外部世界，那种没有钟爱束缚的自由在吸引着他。经过连续几次逃走之后，他的亲人和村子里的人，对他已经失去了信心。

第一次，他跟随一个巡回戏班走了。戏班主人就像疼爱儿子一样疼爱他，而且戏班里的所有人——从老到少都非常喜爱他，甚至请戏班唱堂会的一些人家的家长，特别是女主人专门把他请去——向他表示欢迎、钟爱和欣赏。就是在这种情况下，有一天，他没有对任何人讲，就不见了，不知道他跑到哪里去了，到处都不见他的身影。

达拉波特就像小鹿一样害怕束缚，又像小鹿一样迷恋音乐。戏班的歌声促使他第一次离开故里前往异邦他乡。一听到歌声，他全身的神经就会随着颤抖，他的全身就会伴着节拍翩翩舞动。当他还是个幼儿的时候，他就像成年人一样平静而严肃地坐在演奏音乐的场地，忘我地听着乐曲，并且不停地摇晃着身子。看到他这种样子，成年人都忍不住地笑了。不仅歌曲使他激动，而且七至八月份的大雨击打树叶发出的响声，天空中的隆隆的雷鸣，以及森林中那种犹如无娘孤儿的啼哭一样的凄厉风声，都会使他的心情激动不已。寂静的中午从遥远的天空传来的几声老鹰鸣叫，雨季的黄昏青蛙的吵嚷，深夜中胡狼的哀嗥——这一切也都会使他动情。达拉波特非常迷恋唱歌，不久他加入了一个般恰利①戏班。班主非常耐心地教他唱歌并教他背诵般恰利唱词，像喜爱自己笼中的小鸟那样宠爱他。这只小鸟已经学会唱一些歌了，可是一天早晨却飞走了。

最后一次，他加入了一个杂技团。从六月初到七月末，在这个地区的一些地方连续举行商品交易会。为此，两三个巡回剧团、般恰利戏班、诗人、舞女以及各种商人，乘船沿着大小河流从一个地方转到另一个地方，巡回参加各地的交易会。从去年开始，来自加尔各答的一个小型杂技团，就一直跟随着这种巡回交易会四处转悠。达拉波特起初认识了一位船上的小贩，在交易会上承担为他卖蒟酱叶的任务。后来，出于他本能的好奇心，并为杂技演员们惊人的表演所吸引，他加入了这个杂技团。达拉波特

---

① 般恰利：在孟加拉流行的一种演唱形式，以传统的曲调演唱历史故事，以唱为主，中间夹杂着道白。

大作家讲的小故事

自己早就学会了吹奏竹笛。在表演杂技节目的时候，他就用快节奏吹奏勒克瑙地区流行的屯黎乐曲①——这是他唯一的工作。

最后，他又逃离了这个杂技团。他听说，依迪村的地主先生们要隆重地举办一次文艺演出会。听到这个消息后，他就拎起自己的小包袱，准备前往依迪村，就在这时候他遇见了莫迪拉尔先生。

达拉波特虽然先后加入过各种不同的戏班，但是由于他自己那种本能的想象力在自然地起作用，所以任何一个戏班都没有给他留下特别的印象。他在内心里还是完全独立的和自由的。在生活中他经常听到许多龌龊下流的语言，看到很多令人作呕的场面，但是所有这一切都不曾对他的心灵造成过一点儿污染。这个孩子一点也不任性。任何习惯的束缚也同其他束缚一样，都不能捆住他的心。他在这个世界上就像在污浊的水面漂游的一只雪白的天鹅一样。出于好奇不论他潜入水中多少次，他的翅膀都不曾沾染上污垢。所以，在这个离家出走的孩子的脸上，焕发着一种白净的生来就有的蓬勃的青春美，看到他那张英俊的笑脸，富有生活经验的莫迪拉尔先生，对他不但毫不怀疑，而且还十分疼爱和关心。

二

吃过午饭之后，船又起航了。安诺布尔娜怀着十分喜爱的心情，开始向这个婆罗门少年打听起他的家世及其亲人们的情况来。达拉波特作了很简短的回答之后，就走出了船舱，这样就摆脱了夫人的继续询问。在外面，雨季的河水已经漫过了河堤，仿佛在以自己那种忘我的疯狂搅得大自然母亲都激动不安起来。从云层中泄露下来的阳光，照耀着河边上那片半浸泡在水里的芦苇

① 当地流行的一种快节奏的歌曲。

荡，照耀着河岸上那片水灵灵的茂密的甘蔗田以及河对岸那片一直延伸到远处地平线的绿油油的树林。所有这一切美景，仿佛就像受到童话里神奇的金棒触摸而刚刚苏醒过来的美女一样，面对着蓝天那迷人的无声的目光而绽开了笑脸。一切都充满了勃勃生机，一切都在瑟瑟地颤抖，一切都闪耀着强烈的光泽，一切都显得清新、柔和、充实、富有。

达拉波特走上帆船的甲板，在帆船的背阴处坐了下来。山坡上那片碧绿的草地，浸泡在水里的黄麻田，碧波荡漾的大片晚稻，从河边通向村庄的狭窄的小径，掩映在浓密树林中的村落，都一一映入了他的眼帘。这水这天这地，这周围的运动、生命，这喧闹的人声笑语，这高低起伏的地形，这斑驳陆离的美景，这一尘不染的悠远旷野，这广袤的默默无言的永恒的宇宙——这一切对于这位少年来说，都非常亲切，然而，他一刻也不想让爱恋之手紧紧抱住他那颗好动的心灵不放。小牛犊翘着尾巴在河岸上跑着；乡村的矮马拖着两条用绳子绊着的前腿，一边移动着一边在草地上吃草；鱼鹰从渔民们下网的竹竿上急速地潜入水中去捕鱼；男孩子们在水中追逐戏水；姑娘们一边高声说笑着，一边把衣服放在齐腰深的水中用双手洗着；以贩鱼为生的老板娘，手提竹篮在从渔民手里购买鲜鱼。达拉波特怀着永远不知疲倦的好奇心望着一切，仿佛他永远也看不够似的。

达拉波特走上甲板，和船夫们闲聊起来。他有时从船夫们手中接过竹篙，自己撑起船来。当舵手需要吸烟的时候，他就走过去掌舵——当需要转换船帆方向的时候，他就很内行地做着该做的一切。

黄昏将至的时候，安诺布尔娜把达拉波特叫来，问他道："晚上你吃什么？"

大作家讲的小故事

达拉波特回答说:"有什么吃什么。有时,甚至我一天都不吃东西。"

这位英俊的婆罗门少年对于安诺布尔娜的好客所表现出来的冷漠态度,使这位夫人有点难过。她很想让这个离家在外的少年吃好穿好,使他感到满意。但是,怎么做才能使他满意呢,她却不知道。安诺布尔娜打发仆人从村子里买来了牛奶、点心等食物,可是达拉波特还是吃那么一点点,他一口牛奶也没喝。一向沉默寡言的莫迪拉尔先生,这时也劝他喝点儿牛奶,但他却简单地回答说:"我不喜欢喝牛奶。"

在河里走了两三天。达拉波特主动而又饶有兴趣地参与干各种活儿——从到集市去购买东西,做饭做菜,到撑船掌舵等等。不论什么景物出现在他的面前,他都怀着好奇心去注意观看;不论什么事情落在他的手里,他都会聚精会神地去做。他的目光、他的双手、他的思维总是闲不住,因此,他就像永远充满生机的自然界一样,总是焕发着青春的活力,同时又总是处在无忧无虑的平静之中。人们大都拥有一块属于自己的、独立的领地,但是,达拉波特只是这个无限的蔚蓝色的宇宙洪流中的一朵闪着欢乐之光的浪花——过去和未来都与他毫不相干——一直向前进才是他唯一的追求。

这期间,达拉波特曾经同各种职业的人打过交道,因此,他学会了许多有趣的技能。他心里没有任何忧虑和不安,所以在他那纯洁的记忆画布上很容易印上各种东西。般恰利、说唱故事、颂神歌曲以及巡回戏班演出节目中的长长章节等,他都能背唱。

一天晚上,莫迪拉尔先生像往常一样,朗读《罗摩衍那》[①]给他的

[①]《罗摩衍那》:印度古代史诗,讲述罗摩和爱妻悉多悲欢离合的故事,俱舍和婆罗为罗摩和悉多所生的双胞胎儿子。

妻子和女儿听。他从俱舍和婆罗的故事开始读起，这时候达拉波特无法控制自己的激情，于是就从甲板走下来，说道："请您把书放下。我来唱颂俱舍、婆罗之歌给你们听。"

说着他就开始唱起了关于俱舍、婆罗的般恰利之歌。甜蜜的歌喉就像笛声那样优美动听，船夫和舵手都站在舱门边侧耳聆听，歌声中蕴涵着欢乐和悲哀，一种美妙的饱含深情的声波开始在黄昏的天空中传播回荡——宁静的河岸活跃起来，在两侧航行的所有船舶上的乘客都立即靠近这艘船听他唱歌。当达拉波特唱完的时候，大家都怀着惋惜的心情，一边叹息，一边在想："为什么这么快就唱完了？"

两眼含泪的安诺布尔娜真想把这个孩子紧紧搂在怀里，亲一亲他的头。莫迪拉尔先生在想："如果我能设法把这个孩子留在身边，那么，就可以弥补缺少儿子的不足了。"只有小姑娘恰鲁绍湿的内心里充满了嫉妒和敌意。

三

恰鲁绍湿是她父母唯一的孩子，是父母之爱的唯一占有者。她的任性和固执是无止境的。她对于吃饭、穿衣、梳头都有自己独特的看法，但是她的看法是不稳定的。哪一天应邀要出去做客，那一天她母亲就如坐针毡，担心她这位女儿对于穿戴打扮会表现出一种不可思议的固执来。如果偶尔某一次发式梳得不合她的心意，那么，这一天不论把发辫解开多少次，重新梳扎何种发式，都不会中她的意，最后她就会大哭大闹一场。她在所有事情上都是如此。如果偶尔她心里高兴，这时候她就不会对某种事情表示反对。这时候她对母亲就会表现出过分的爱戴，就会搂住母亲笑啊，亲啊，就会絮叨个不停。这个小姑娘简直就是一个难以

大作家讲的小故事

猜透的谜。

　　这个小女孩儿运用她内心中难以理解的一切情感，开始默默地仇视达拉波特，并且也搅得她父母不得安生。用餐的时候，饭菜稍不合她的口味，她就哭丧着脸，掀盘子摔碗，殴打女仆，常常无缘无故地抱怨。达拉波特的才能越是赢得大家的好感，她仿佛就越生气。她心里不愿意承认达拉波特具有某种优点，然而，当证据十分充足有力的时候，她的不满就会加剧。就在达拉波特演唱俱舍、婆罗颂歌的那一天，安诺布尔娜心里在想："这歌声既然能征服森林中的野兽，大概今天也能融化我女儿的心灵。"于是，她就问女儿："恰鲁，你喜欢吗？"恰鲁绍湿并没有回答，只是非常迅速地摇了摇头。这种表情如果用语言来述说的话，那就是她一点儿也不喜欢，而且永远也不会喜欢。

　　恰鲁绍湿的母亲意识到，女儿心里对达拉波特产生了嫉妒，所以当着恰鲁绍湿的面就不再流露对达拉波特的喜爱。一天傍晚，恰鲁绍湿早早地吃过晚饭，就倒下睡了。这时候，安诺布尔娜坐在船舱的门口，而莫迪拉尔先生和达拉波特坐在外边，应安诺布尔娜的要求，达拉波特开始唱起歌来。笼罩在漆黑夜幕中的河两岸那些美丽的村庄都沉寂下来，醉心倾听着这优美的歌声，安诺布尔娜那颗温柔的心里充满了爱慕和喜悦。就在这时候，恰鲁绍湿突然从床铺上爬起来，快步走过来，愤怒地哭叫道："妈妈，你们在吵什么呀！我根本无法睡觉！"爸爸妈妈让她一个人去睡觉，而他们却围坐在达拉波特身边听他唱歌——对此她简直无法忍受。

　　这个长着一双炯炯有神的黑眼睛的小姑娘的这种生就的火暴脾气，使达拉波特感到十分开心。他给她讲故事，给她唱歌，为她吹笛子，他尽了许多努力，企图征服她的心，可是一点儿效果都没有。每天中午，达拉波特都下到河里去洗澡，他那皮肤白皙而线条匀称的身体在深水中以各种姿势游泳戏水，宛如年轻的水神一样，显得十分优美。只有这个时候，小姑娘才无法抑制自己的好奇心，她常常期待这一时刻的到来，可是她这种内心里的渴望从不对任何人述说。这个缺乏教育而又善于演戏的小女孩，装作全神贯注织毛衣的样子，仿佛她只是怀着蔑视的心情，偶尔用斜视的目光瞧看一下正在游泳的达拉波特。

四

当大船经过依迪村的时候，达拉波特并没有发现。这艘大船沿着主河道及其支汊以非常缓慢的速度行驶着，有时升起风帆，有时靠船夫拉纤。船上人们的日子，也如同河流及其支汊一样，在宁静优美而又多彩多姿的景物中，伴着潺潺的水声，轻松而平稳地流淌着。大家都从容不迫地生活着，中午洗澡和吃饭的时间拖得很长。将近黄昏的时候，看到一个大村落离河岸不远，于是船夫们就把船停靠在树林旁边的河岸上，树林里蟋蟀在低鸣，萤火虫在闪着光点。

就这样，经过十几天的航行，大船终于到达了坎塔利亚。为了欢迎这位地主返乡，家里派来轿子和备好的马匹，手持步枪的一队保镖，频频地鸣放了一阵空枪，这枪声吓得栖息在村头树上的一群乌鸦大叫起来。

所有这些欢迎仪式用去不少时间，达拉波特乘此机会匆匆下了船，并在全村转了一圈。他在两三个小时内就同全村人建立起友好关系，分别称呼他们为哥哥、叔叔、姐姐、阿姨等等。因为他无论到哪里都不受任何约束，所以他很快并且也很容易就与大家混熟了。达拉波特在短短的几天之内就赢得了全村人的欢心。

大作家讲的小故事

  达拉波特能如此轻易地征服人心的原因就在于，他对待所有人都像对待自己的亲人那样自然坦诚。他不受任何偏见的束缚，而且他有一种本领：在各种场合他都能很快适应各种工作。他跟男孩子们在一起时，自然完全是个男孩子，只不过比他们聪明和具有独立性；同老年人在一起时，他就不再像个孩子，可是也不装作大人；同牧童在一起时，他就是牧童，同时又是婆罗门。他就像同各种职业的人长期共事的伙伴一样，能熟练地从事各种劳动。在糖果点心店里闲聊的时候，店铺小老板说："小哥，你坐一会儿，我去一下就来。"这时，达拉波特就愉快地坐在店铺里，拿起棕榈树叶驱赶着甜饼上的苍蝇。他又是做菜、做饭的能手，他还知道手工织布的一些技巧，对制陶工艺也并不完全陌生。

  达拉波特赢得了全村人的喜爱，现在只是还没有征服一个农村小姑娘的心。大概，达拉波特晓得，这个小姑娘非常希望把他赶出这个村子，所以，他才在这个村子里故意待了这么多天。

  不过，女人们的内心秘密是很难琢磨透的，恰鲁绍湿这个小姑娘就是一个例证。

  恰鲁绍湿有一位同龄女友绍纳摩妮，这个婆罗门夫人的女儿在五岁时就成了寡妇。由于她身体有病，所以，她在恰鲁绍湿回到家里几天之后，都没有去会见自己的女友。当她身体恢复了健康之后才与女友见面，可是就在她们见面的那一天，两个女友之间就毫无道理地发生了一点儿分歧。

  恰鲁绍湿开始详细地讲述起旅游的见闻。她本以为，当她讲到她们家新近得到一个犹如珍贵宝石般的名叫达拉波特的少年时，她的女友会感到好奇和惊异。可是，她发现达拉波特对绍纳摩妮来说一点儿也不陌生，甚至这个少年竟然称呼婆罗门夫人为阿姨，而绍纳摩妮则叫他哥哥，达拉波特不仅为使她们母女俩开心而用竹笛吹奏颂神曲,还应绍纳摩妮的要求亲手为她做了一支竹笛,并从高高的果树上为她摘采果子,从带刺的树枝上采摘花朵。

当恰鲁绍湿得知这些情况后,她内心里仿佛就像被烧红的利剑刺扎一样难受。恰鲁绍湿只知道,达拉波特是属于她们家的私有财产——应当受到严密的保护,平庸的百姓只能看到他一点点闪光,无论如何都不允许他们接触他。他们可以站在远处欣赏这位少年的容貌和才华,并且还要因此而感谢恰鲁绍湿一家。恰鲁绍湿在想:"这个难得的只有天神才能接触的令人惊奇的婆罗门少年为什么会如此轻易地走到绍纳摩妮的身边?如果不是我们如此精心地把他带来,如果不是我们如此细心地保护他,她绍纳摩妮又怎么能见到他呢?"绍纳摩妮还叫他哥哥!一听到这种称呼,恰鲁绍湿全身都感到火烧火燎的难受。

恰鲁绍湿内心里曾经想用仇恨的利箭将达拉波特射伤,可是她现在为什么要为独自占有这同一个达拉波特而如此地激动不安呢?谁又能够理解这个难题呢?

就在那一天,恰鲁绍湿故意找茬儿为一件小事同绍纳摩妮大吵了一次,于是她走进达拉波特的房间,把他那支心爱的竹笛翻出来,扔在地上,在上面又蹦又跳,用脚践踏,结果那支竹笛被无情地踩得粉碎。

正当恰鲁绍湿非常激动地毁坏竹笛的时候,达拉波特走进了房间。看到小姑娘这种破坏者的形象感到很惊讶,于是就说道:"恰鲁,你为什么要踩坏我的笛子?"

恰鲁绍湿满脸通红,她瞪着一双血红的眼睛,叫道:"踩坏才好,我就要踩坏它!"她说着又在那支已经破碎的笛子上毫无必要地使劲儿踩了四脚,然后大哭着走出了房间。达拉波特从地

大作家讲的小故事

上捡起笛子，翻来覆去地看了看，发现这支笛子已经没有用了。看到他这支无辜的笛子无缘无故突然遭到这种厄运，他竟忍俊不禁地笑了。现在恰鲁绍湿已成为他每天猎奇的最佳对象。

莫迪拉尔先生图书室里的一些英文版画册，成为他感兴趣的另一个领域。达拉波特对外面的社会生活是相当熟悉的，可是他从来都没有深入到这种绘画世界。他依靠想象曾经弥补自己在这方面的许多欠缺，可是他心里还是感到不满足。

看到达拉波特对图画这样感兴趣，莫迪拉尔先生有一天对他说："你想不想学英语？如果你学会英语，那你就会明白这些图画的含义了。"

达拉波特立即回答说："我想学。"

莫迪拉尔先生非常高兴，于是就请本村的小学校长拉姆罗顿先生每晚来教这个孩子学习英语。

五

达拉波特以自己极强的记忆力和十分认真的态度投入了英语学习。仿佛在一个崭新的陌生的王国中漫游，同昔日生活完全脱离了关系，村里的人再也见不到他的身影了。将近黄昏的时候，他在僻静的河边快步走着，一边背诵着英语，他的追随者——那群男孩子只能怀着怏怏不悦的心情和敬意站在远处望着他，不敢贸然跟在他的后面妨碍他。

现在就连恰鲁绍湿也不能经常见到他了。以前，达拉波特坐在内室安诺布尔娜的面前——在她那慈爱的目光下进餐——可是这样用餐要花费很长的时间，所以他请求莫迪拉尔先生允许他在外室用餐。安诺布尔娜感到很伤心并且反对这样做，可是莫迪拉尔先生看到这孩子对学习这么热心，感到很高兴，于是就同意了他的这个新要求。

就在这个时候,恰鲁绍湿也突然声明说:"我也要学习英语。"她的父母起初把他们这个任性女儿的这个要求当做笑料,只是对此亲切地付之一笑,但是他们这个女儿却用大量的泪水把他们的讥笑冲得无影无踪。最后,他们只好以严肃认真的态度同意了这个不听规劝的任性女儿的要求。这样,恰鲁绍湿就开始和达拉波特一起跟老师学习英语了。

然而,读书学习是与这个不安分女孩的天性格格不入的。她自己不但什么都不学,而且还妨碍达拉波特学习。她远远地落在了后面,根本不肯背诵功课,可是她又不甘心落在达拉波特的后面。当达拉波特超过她并且开始学习新内容的时候,她就会非常恼火,甚至会大哭不止。达拉波特学完了课本又买了新课本,她也要买新课本。在课余时间,达拉波特坐在自己房间里,背书写字,这个嫉妒心极强的小姑娘对此简直无法忍受,于是她就偷偷地往达拉波特的笔记本上泼墨水,把他的钢笔藏起来,甚至把课本中正需要学习的那部分书页撕掉。达拉波特对于这个小姑娘的许多恶作剧都默默忍受了,有时实在忍受不了也打过她,但是却无法制服她。

突然他想出了一个办法。有一天,一筹莫展的达拉波特很生气,于是就满面愁容地坐在房间里,撕着那些被墨水弄脏的笔记本。恰鲁绍湿走到门旁,心里在想:"今天我该挨打了。"但是这一次她估计错了。达拉波特一句话也没说,只是默默地坐着。小姑娘走进来又走出去,屋里屋外来回地转悠。她一次又一次地主动走到达拉波特的身边,只要达拉波特想打她,就很容易朝她后背打一拳。但是他并没有打她,只是很严肃地坐着。小姑娘陷入了极大的困惑。应该怎样请求别人原谅——她从来都没有学习

大作家讲的小故事

过这方面的知识，然而她那颗小小的悔过之心为得到她这位同学的原谅而感到十分难过。最后，实在想不出什么好办法，她就拿起被撕破的一片纸，坐在达拉波特跟前用大大的字母写道："我永远不再往笔记上倒墨水了。"写完之后，为了引起达拉波特对这张纸条的注意，她又开始做出许多举动来。达拉波特看到这一切实在忍不住了，于是就笑了起来。

当时小姑娘恼羞成怒，立即站起来，快步从房间里跑出去。她亲笔表达悔过的那张纸条从无限的时间和空间中彻底消逝了，然而她内心无法忍受的痛苦却并没有终止。

这期间，胆怯的绍纳摩妮来到他们学习室的外面，偷偷地瞧看过一两次。她和女友恰鲁绍湿在各方面都特别友好，但是一涉及达拉波特，她就会用十分恐惧和怀疑的目光看着恰鲁绍湿。绍纳摩妮常常选择恰鲁绍湿在闺房里的时间羞怯地来到达拉波特的门边，站着观望。达拉波特眼睛离开书本，抬起头来，亲切地说道："怎么了，绍纳！有什么新闻？阿姨好吗？"

绍纳摩妮说："很多天您都没去我家了，妈妈叫你去一次。妈妈腰疼，所以她不能来看你。"

就在这时候，恰鲁绍湿恶狠狠地转动着眼珠，高声喊道："好哇，绍纳！学习的时间你来捣乱，我现在就去告诉爸爸。"仿佛她本人就是达拉波特一个富有经验的保护人似的，为了不让他的学习受干扰，她日日夜夜都在监视着他。可是她自己又是怀有何种目的在这种不合适的时间来到达拉波特的书房里呢？善于洞察人们内心世界的天神并不是不知道的，而且达拉波特也很清楚。但是绍纳摩妮十分惶恐，于是就匆忙编造出一些假理由来，最后，恰鲁绍湿愤怒地责怪她是个扯谎的人。绍纳摩妮受到羞辱、恐吓之后，怀着痛苦的心情正要回家去。富有同情心的达拉波特向她喊道:"绍纳,今天晚上我一定到你们家里去。"

恰鲁绍湿就像一条蟒蛇一样,吱哇叫起来,她说道:"你不能去!你不学习了?我要去告诉老师!"

达拉波特并不惧怕恰鲁绍湿的这种威胁,此后的几天晚上他到绍纳摩妮母亲的家里去过一两次。第三次或第四次去过之后,恰鲁绍湿就不再进行空洞的威胁了,而是悄悄地在达拉波特的房门外边拴上锁链并且拿了她母亲佐料盒子上的那把锁把门锁上了。就这样,整个晚上达拉波特都像囚徒一样被关在房间里,直到吃饭的时候才把门打开。达拉波特生气了,一句话也不说,而且没有吃饭就准备立即离开这个家。当时感到后悔而又十分激动不安的小姑娘,双手合十一再恳求他原谅,她说:"我跪在你的脚下发誓:我再也不干这种事了。我跪在你的脚下恳求,你吃饭吧。"尽管她一再恳求,可是达拉波特还是不答应她的要求,于是她就伤心地哭起来。达拉波特陷入了尴尬境地,他只好回来坐下用餐。

恰鲁绍湿曾经多次默默地发誓,她一定要与达拉波特好好相处,永远再不惹他生气,可是当绍纳摩妮及其他一些人来到他们中间时,她的心情就全变了,她就再也控制不住自己。如果一连几天她都表现很好,那么,这时候达拉波特就会警觉地准备应付即将来临的一场"革命"的爆发。无法说清楚,这种突然袭击,来自什么方向,又是为了什么。随后就是一场大风暴。风暴过后,就会抛洒下大量的泪雨,然后就是令人满意的柔和平静。

六

将近两年的时间,就这样过去了。达拉波特还从来没有在任何人的家里住过这么长的时间。可能是读书学习极大地吸引了他

大作家讲的小故事

的注意力。可是随着年龄的增长他的性格开始发生了变化，他想住下来，渴望享受人生的幸福和欢乐。也许是，他那位经常折磨他的女同学的娇艳姿色不知不觉地在他心上系上了沉重的纽带。

如今，恰鲁绍湿的年龄已经过了十一岁。莫迪拉尔先生为自己的女儿物色了两三个很不错的对象。考虑到女儿已到了结婚的年龄，莫迪拉尔先生就不再让她学习英语和出去乱跑了。恰鲁绍湿得知这种突然的限制后，就在家里大闹了一场。

有一天，安诺布尔娜对莫迪拉尔先生说："你为什么要这样忙着为恰鲁绍湿寻找对象呢？达拉波特这孩子就很好么，而且你的女儿也挺喜欢他。"

莫迪拉尔先生听了这话感到十分惊讶。他说道："这怎么行呢！达拉波特的家庭出身我们一点儿都不知道。我只有这么一个女儿，我想给她找一个好人家。"

有一次，拉伊唐加先生的家里派人来相看恰鲁绍湿姑娘。家里人为恰鲁绍湿梳洗打扮一番，企图让她出来见客人。可是她把卧室的门反锁上，就是不肯出来。莫迪拉尔先生在门外边多次恳求、威胁她，可是毫无结果。最后，莫迪拉尔先生走进外室客厅，向拉伊唐加先生家里的媒人解释说，女儿突然得了重病，今天不能相看了。媒人们在想，这姑娘大概有某种缺陷，所以才使出这种骗术。

当时莫迪拉尔先生开始想到，达拉波特这孩子看上去各方面都不错。要是我能把他留在家里，那么，我这个独生女儿就可以不嫁到别人家去了。同时，他还考虑到，他这个不安分而又不听话的女儿的任性在父母慈爱的目光下尽管可以得到原谅，但是婆家的人却无法容忍。

当时夫妻俩经过多次商量后，决定派人去达拉波特的家乡全

面了解一下他家的情况。回来的人报告说，他的家庭出身很好，但是家里很穷。当时莫迪拉尔先生就打发人去向这孩子的母亲和哥哥提亲。他们立即同意了并且十分高兴。

在坎塔利亚村，莫迪拉尔先生和安诺布尔娜开始商量操办婚事的日子，但是生来就喜欢保密而又处事谨慎的莫迪拉尔先生，一直对此事守口如瓶。

恰鲁绍湿是限制不住的。她就像制造混乱的古代士兵一样，常常闯入达拉波特的学习室。她有时生气，有时也表现出眷恋之情，有时突然激动起来，打破达拉波特学习的宁静。如今在这位纯洁而自由的婆罗门少年的心田上常常出现一种宛如闪电般短暂的从没有过的激动不安。从前，他那颗轻松的永远不知忧伤的心灵，总是浮在川流不息的时间波涛上自由自在地向前流淌，可是如今他却常常心不在焉，陷入种种幻想的罗网。有时他甚至抛弃学业，走进莫迪拉尔先生的书房，翻阅那些带插图的书籍。这些插图仿佛为他勾画出一个幻想的世界，这个世界与从前他所看到的有很大的不同，它具有更加鲜明的色彩。看到恰鲁绍湿那些怪癖的行动，他也不再像以前那样取笑她了，即使她做出恶作剧来，心里也不再产生打她的念头。他觉得他自己的这种巨大变化，他这种眷恋的感情，仿佛是新做的一场梦。

结婚的吉日订在了斯拉万月，莫迪拉尔先生已派人去请达拉波特的母亲和兄弟们，但是此事并没有告诉他本人。莫迪拉尔先生指示加尔各答的代办雇请一个乐队，并且寄去了一份购物清单。

天空中又出现了雨云。这些天来，村边的小河几乎都干涸了，只是在个别的地方还积有一些水；一些小船停泊在这种污浊的水里，在干涸的河道上牛车的车轮压出了深深的辙印。就在这时候不知从何处匆匆涌来的暴雨，就像雪山神女回娘家一样，一

大作家讲的小故事

路欢笑降临到农村干旱的土地上——赤身裸体的男孩女孩来到河边，一边欢呼，一边跳起舞来。他们兴高采烈地一次一次地跳入河水里，仿佛想拥抱这条河流。住在农舍的女人们都走出来，瞧着她们这位熟悉的亲爱的朋友——一股巨大的生命雨浪，不知从何处涌入了毫无生气的干旱的农村。

来自本地和外地的大大小小的船只，满载着货物，又出现在河道上。在市场旁边的码头上，傍晚又响起了外地船员的歌声。分布在河两岸的那些村庄，全年都在忙着各自的家务，并且在各自僻静的角落里过着单调的生活。在雨季到来的时候，巨大的外部世界带着各种礼品，乘坐着金色的水上之舟，前来拜访这些少女般的村庄。由于同外部世界保持着这种亲缘的关系，几天之内这些村庄已不再显得渺小匮乏，到处呈现出生机勃勃的活跃景象，来自悠远邦国的欢声笑语，打破了这平静沉寂的乡村，搅动了四周的天宇。

这时候在库鲁洛卡达地区将要举行一年一度的著名的神车游行庙会。在一个月光皎洁的晚上，达拉波特来到河边渡口。他看到，许许多多的船只在重新涨满河床的宽阔水流中快速向庙会场地驶去，有的船上载着秋千，有的船上载着巡回戏班，有的船上载着商品货物。来自加尔各答的乐队演奏着欢快的乐曲，巡回戏班的歌手在小提琴伴奏下唱着歌儿，一曲终了，立即响起热烈的欢呼声，来自西部各邦的船员们并不唱歌，只是疯狂地使劲敲打着鼓和钹，"咚喳喳"的响声震撼着天空——到处群情振奋，喜气洋洋。眼看着从东方地平线涌来的一大片浓重的乌云，在天空中竖起了巨大的黑色风帆。月亮被遮盖了，开始刮起了强劲的东风，一团团乌云接踵涌来，河水开始掀起喜悦的波澜——河岸上那片摇动着的树林显得更加昏黑，青蛙开始鼓噪起来，蟋蟀的鸣叫仿佛要刺破这黑暗似的。今天仿佛整个宇宙都在欢度神车游行节——车轮飞转，彩旗飘扬，大地颤抖；乌云翻滚，东风劲吹，河水奔流，船舶行进，歌声洪亮；很快响起了隆隆雷鸣，一道道刺眼的闪电划破夜空，从悠远的黑暗中飘来了一场大暴雨的气息。只有位于河岸边的坎塔利亚村，关闭了自己的门扉，熄灭了灯盏，静静地沉睡了。

　　次日，达拉波特的母亲和兄弟们来到了坎塔利亚村。这一天，三艘载着各种结婚用品的大船从加尔各答开来了，停靠在坎塔利亚村地主办事处附近的河边码头上。这一天的一大早，绍纳摩妮就带着用报纸包着的几个芒果和用树叶裹着的一些香料，怯生生地来到达拉波特的学习室门边，悄悄地站在那里——可是就在这一天，达拉波特却不见了。这位婆罗门少年，在被柔情、爱恋、友谊的绳索彻底缠住之前，在一个彤云密布的漆黑的雨夜，投奔到毫无缱绻之情的冷漠的宇宙母亲的怀抱，并且盗走了全村人的心。

1895年帕德拉月至迦尔迪克月

赏析与品读

　　如果以现在的角度看，《客人》应该算得上东方文学中较少具备公路文学气质的小说之一。主人公达拉波特以"客人"的身份穿梭在小说中的各种场景，完成他在生活这条河流中的奇幻漂流。

　　他有才华，谦逊，并且专注。这样的少年对和他同龄的少女来说，是非常有吸引力的。骄傲的少女恰鲁绍湿喜欢上了他，为了吸

大作家讲的小故事

引他的注意，使尽了浑身解数。但正如那永不停息的河流，达拉波特的生命轨迹从来不在沿途留下很深的印记，他似乎更喜欢过客这个身份，他不停留，他只是不停地奔流向前。

"这位婆罗门少年，在被柔情、爱恋、友谊的绳索彻底缠住之前，在一个彤云密布的漆黑的雨夜，投奔到毫无缱绻之情的冷漠的宇宙母亲的怀抱，并且盗走了全村人的心。"小说的最后这样写道。在当时依然处于宗法制社会的印度，达拉波特的"客人"身份是与现实格格不入的，即使到了今天，这样的人也容易被视为另类，但远在一百年前的泰戈尔就已经关注到人性中的"漂泊"气质，并以平和的态度将其展示出来，确实很有远见。

喀布尔人

黄志坤 译

● 带着问题读一读，你会收获更多 ●

1. 文章用很多篇幅描述了喀布尔人和米妮聊天嬉戏的场景，这分别表现了喀布尔人以及"我"一家什么样的品质？
2. 最后一句话："幸福的光芒使这喜庆的节日格外生辉！""幸福的光芒"指什么？

大作家讲的小故事

我五岁的小女儿米妮，整天叽叽呱呱不停嘴。她出生后只花一年时间，就学会了讲话。这以后，只要没有睡着，她简直就没有一分钟安静过。她母亲怎么骂她，也不能使她少说几句。可我却不这样。假如米妮沉默不语，时间一长我就难以忍受。因此，米妮与我聊天，时间一长总是津津有味，神采飞扬。

一天上午，我正忙着写一部小说的第十七章。米妮来了，说："爸爸，看门人罗摩多亚尔把'乌鸦'叫'老鸦'。他什么都不懂，是吗？"

我还没有来得及向她解释——世界上的语言千差万别各不相同的时候，她已扯到另一个话题上去了："爸爸，你说说，博拉讲天上有只大象，它鼻子一喷水，天就下雨了！你看，她怎么能这样胡说八道呢？她就会唠叨，白天黑夜地唠叨！"

她不等我思索片刻发表意见，又突然问道："爸爸，妈妈是你的什么人？"

我默想——她是我亲爱的……但对米妮却搪塞道："米妮，去跟博拉玩吧！我正忙着呢！"

米妮没有走，就在桌边我的脚旁坐下来了。手不停地敲着膝盖，小嘴像说绕口令似的念念有词，自个儿玩了起来。在我小说的第十七章里，主人公普罗塔普·辛格在漆黑的夜晚，正抱着女主人公卡乔玛拉，从监狱很高的窗户纵身跳到下面的河水里！

我的房间面向街道。忽然，米妮不玩了，跑到窗前叫了起来："喀布尔人，啊，喀布尔人！"

街上一个高个儿喀布尔人，拖着疲惫的脚步经过这里。他穿着污秽宽大的衣服，头缠高高的头巾，肩上扛着一个大口袋，手里拿着几盒葡萄干。我的宝贝女儿看到他后，很难说有什么想法，但她开始大声地叫唤他。我想，这扛大口袋的又是一个灾

大作家讲的小故事

难,我小说的第十七章再也写不完了!

听到米妮的叫唤,喀布尔人微笑地转过身,朝我们家走来。米妮看到这情景,急忙跑到里屋,躲藏得无影无踪。她可能有一个稀里糊涂的想法——那大口袋里藏着几个和她一样活蹦乱跳的小孩。

喀布尔人走到我跟前,面带笑容地和我打招呼。我心想,尽管小说主人公普罗塔普·辛格和卡乔玛拉的情况,是那样紧急,但是,既然把小贩叫到家里来了,不买点什么总是说不过去的!

买了点东西,就开始聊了起来。我们从阿卜杜勒·拉赫曼[①]、俄罗斯人、英国人一直扯到保卫边界的政策。他动身要走的时候,问道:"先生,你那小姑娘哪里去了?"

我设法打消米妮毫无根据的恐惧,把她从里屋领了出来。米妮靠着我,以疑惑的眼光,看着喀布尔人和他的大口袋。小贩从袋子里掏出一些葡萄杏子等干果,递给米妮。但她什么也没要,反而倍加疑心,更加紧紧地挨着我。他们首次会面就是这样的!

几天之后的一个上午,我刚要出门,忽然看到我女儿坐在门口的长凳上,正和坐在她脚边的喀布尔人滔滔不绝地说话。那小贩满脸堆笑地听着,间或也用蹩脚的孟加拉语发表点自己的想法。除了爸爸之外,在米妮五年的生活经历中,还从来没有遇到过这样耐心的听众。我还看到,她那小纱丽的角上堆满了杏子和葡萄干。我对喀布尔人说:"你给她这许多东西干什么?请不要再给了。"

说着,我从口袋里掏出一枚半卢比的硬币,交给了小贩。他心不在焉地接过钱来,丢进了口袋。

回家后,我发现,那枚硬币引起了比它价值多一倍的麻烦!

[①] 阿卜杜勒·拉赫曼是19世纪末叶阿富汗的国王。

米妮的妈妈拿着银白锃亮、圆溜溜的硬币，以责备的口气，不断追问米妮："这硬币你是从哪里弄来的？"

"喀布尔人给我的！"米妮回答说。

"你怎么能要喀布尔人的钱呢？"

"我没有要，是他自己主动给我的。"米妮差一点要哭出来。

正好我回来了，才把米妮从面临的灾难中解救出来。

后来才知道，米妮和喀布尔人已不是第二次见面了。小贩每次来，总是用杏子等干果来贿赂米妮那小小的贪婪的心。他取得了米妮的信任。

我看到，这两个朋友常常做一些有趣的游戏，或者讲些开心的笑话。比如有一次，我女儿一见到罗赫莫特，就笑嘻嘻地问道："喀布尔人，啊！喀布尔人！你大口袋里装的是什么呀？"

罗赫莫特鼻音很重地笑着回答说："里面装了一只大象。"

即使小贩口袋里有一只象，这本来也没有什么好笑的。可是，这类并不算聪明的俏皮话，却使他们俩感到非常开心和惬意。秋天的早晨，当听到这两个孩子——一个成年的和另一个未成年的——天真无邪的笑声时，我也感到由衷的喜悦。

他们之间还有一类话题。罗赫莫特问米妮："小人儿，你什么时候到你公公家里去？"

孟加拉家庭的姑娘，一般早就知道公公家是怎么回事。但是，我们有点新派作风，还没有跟孩子讲过"公公家"这类事情。因此，米妮对罗赫莫特的问题，有些莫名其妙。不过，米妮的性格是不允许她默不作答的。于是，她机灵地反问道："你去公公家里吗？"

罗赫莫特对着想象中的"公公"挥起了粗壮的拳头说："我

大作家讲的小故事

要揍公公①！"

米妮想到她并不知晓的公公将要挨揍，处于尴尬境地时，不禁放声大笑起来了。

正值秋高气爽。在古代，这是帝王东征西讨的大好时光。我从来不离开加尔各答，哪儿也不去。但我的心灵，却周游世界各地。我是我那房屋一角的永久居民。可是，我的心对外部世界总还是兴致勃勃的。听到一个外国名词，我们的心就飞到了那个国度。仿佛见到了那里的人民，见到了那里的江河山岳。那里丛林中的茅舍景象从我心底油然而生，想象到他们欢乐自由的生活。

我习惯于植物似的固定生活。一提到要离开我那屋角外出旅行，简直不亚于晴天霹雳。每当上午，我坐在书房桌前，与喀布尔人聊天的时候，我的心就在漫游。喀布尔人操着不纯正的孟加拉语，高声地给我讲述自己的故乡。我的眼前呈现出一幅异国的画面：高耸入云、难以攀登的崇山峻岭，夕阳给它们染上了一层红色；驮着货物的骆驼，在狭窄的山间小径上缓缓而行；裹着头巾的商人和旅行者，有的骑在骆驼上，有的步行，有的手持长矛，有的拿着老式猎枪……

米妮的母亲生性胆怯。一听到街上的吵闹声，她就以为世上所有的醉汉都怀着什么不可告人的目的要闯进我们家里来。她认为，这个世界到处都充满了小偷、强盗、醉汉、毒蛇、猛虎、疟疾、毛虫、蟑螂和英国士兵。虽然年岁不小了，处世已经这么多年（当然，也不算太多），但她那恐惧心理仍未完全消失。

她对罗赫莫特这个喀布尔人，也总是疑神疑鬼。她常常提醒我，要注意他的行动。我总是想消除她的疑惑，一笑了之。可

---

① "公公"和"公公家"，除了其直接含义外，在下层人家有时暗指警察和监狱，因监狱里不用花钱，也有饭吃。

是，她会接二连三地向我提出问题："难道就从来没有小孩被拐走过？难道喀布尔那里没有奴隶买卖？对于一个喀布尔壮汉来说，要拐走一个小孩难道完全是荒诞无稽的事吗？"

我承认，这种事虽说不是不可能的，但是，平心而论，我却不大相信。不管我怎么解释，我妻子就是不听，始终为小女儿担忧。尽管如此，我也不能毫无理由地把罗赫莫特拒之门外呀！

每年一月中旬，喀布尔人总要回国一趟。回国前夕，他就忙着挨家挨户收欠款。不管多忙，他每天都要抽出时间来看米妮。见此情景，自然会认为他们两人之间似乎存在什么密约。如果他上午没有来，傍晚一定会来的。黄昏时，在屋里墙角处突然发现这个高大的、穿着宽敞衣服、扛着大口袋的小贩，连我也不免要惴惴不安。然而，当看到米妮笑着跑进来，叫着"喀布尔人，啊，喀布尔人"，以及见到这两位忘年之交沉浸在往日天真的欢笑之中时，就感到担心是多余的了。

一天早晨，我坐在小房间里看校样。过一两天喀布尔人就要回国了。天气很凉，使人有些战栗。阳光透过窗户照到我伸在桌下的脚上，使人感到温暖和舒适。八点钟左右，早出做生意的小贩都蒙着头，缩着脖子回家了。就在这时候，忽然街上传来了一阵喧哗声。

我朝外一看，见罗赫莫特被两个警察绑着走过来。后面跟着一群看热闹的孩子。喀布尔人的衣服上血迹斑斑。一个警察手里拿着一把带血的刀。我走出家门，叫住警察，打听到底是怎么回事。

在众说纷纭中，我从警察和罗赫莫特那里得知：原来是我们一位街坊邻居欠了喀布尔人一条拉姆普尔出产的围巾钱，但他不认账，引起一场争吵，对骂起来。罗赫莫特刺了他一刀。

大作家讲的小故事

　　喀布尔人正在盛怒之下，痛骂那个赖账的邻居。米妮从屋里走出来叫道："喀布尔人，啊，喀布尔人！"

　　罗赫莫特脸上顿时露出了笑容。今天，他肩上没有大口袋，自然米妮不能与他讨论早就习以为常的口袋里装象之类的话题。于是米妮问道："你去公公家里？"

　　喀布尔人笑了笑，说："是的，我正要到那里去！"

　　看到自己的回答没有使孩子发笑，他便举起了被铐着的双手，说："要不然，我会揍公公的。可手被拷住了，有什么办法呢！"

　　由于造成了致命伤害，罗赫莫特被判处几年徒刑。

　　他被人忘却了！我们仍在原来的房间里坐着，做着原来的事情。时间一天一天地流逝，我们却想不起那个曾是自由的，而现在在监狱里度日如年的喀布尔山民了。

　　活泼的米妮，交了一些新朋友，完全忘记了那位老朋友。我作为她的父亲，也不得不承认，她这种交新忘旧的行为是十分令人羞愧的。后来，她日渐长大，再也不跟男孩子玩耍，只与女朋友在一起。甚至在我的书房里，也很难见到她。我和她也疏远了。

　　转眼几年过去了，又是一个风和日丽的秋天。我家米妮已定好了婚期。婚礼将在杜尔伽大祭节举行。当杜尔伽回到凯拉斯圣山去的时候，我家的宝贝也要到她丈夫家里去了，这将使父亲感到天昏地暗。

　　早晨，朝霞满天。雨后的秋日，清新的阳光宛如纯金一样光辉灿烂，加尔各答小巷里鳞次栉比的破旧砖房，都被这霞光抹上了一层神奇的色彩。

　　今天，天刚破晓，我们家就吹奏起欢庆的唢呐。这声音，仿佛是从我的胸膛里、我的骨髓里迸发出来的呜咽哭泣。悲伤的曲调把我的离愁别恨和秋日的明媚秋光揉搓在一起，传送到远方。

今天,我的米妮要出嫁了。

从清晨起,我们家就熙熙攘攘,忙忙碌碌。院子里搭起了席棚。房间和走廊里的吊灯叮当作响,欢声笑语此起彼伏。

我坐在书房里查看账目,罗赫莫特走进来向我问好。

起初,我没有认出他来。他没有带大口袋,没有留长发,他的身体也失去了从前的虎虎生气。最后,看到他在微笑,我才认出他来。我说:"罗赫莫特,什么时候来的?有什么事?"

"昨天晚上,"他说,"我出狱了。"

这话听起来很刺耳。我从来没有这么清楚地见过伤害自己同胞的凶手。看到他,我的心都缩紧了。我希望,在今天这个喜庆的日子里,他赶快离开这儿,就万事如意了。我便对他说:"今天我们家里有事,我也很忙,你走吧!"

他一听这话,立即起身就走。走到门口,他迟疑不决地说:"我可不可以再与小人儿见一面?"

他相信米妮可能还是从前那个样子。他想米妮大概又会像从前那样叫着"喀布尔人,啊,喀布尔人"跑进来,他们之间仍然会像往日那样,天真烂漫地谈笑风生。不是吗?他为了纪念过去的友谊,还专门带了一串葡萄和一小纸包干果呢!这些东西显然是从同乡那里要来的——他自己的大口袋早就没有了啊!

"今天家里有事,"我说,"你什么人也见不着。"

他流露出失望的神情,呆站了一会。他以冷漠的眼光又看了我一下,说了声"先生再见",就朝门外走去。

我觉得有些抱歉,正想叫他回来。这时,只见他自己转过身来,走到我跟前说:"这葡萄和一点干果是专给小人儿带来的,请你交给她吧!"

我接了下来,正要给钱时,他突然握住我的手说:"您是很

大作家讲的小故事

仁慈的,我一辈子也忘不了。请别给我钱!先生,在家乡,我也有一个像你女儿一样的闺女。我一想起她,就带点果子给你的女儿。到你们家来,我不是为了做买卖赚钱的。"

说到这里,他把手伸到宽大的衣服里,从胸脯什么地方掏出一张又小又脏的纸来。他小心翼翼地把纸打开,在我书桌上用双手把它抹平。

我看到,纸上有一个小小的手印。它不是一张照片,也不是一张图画。小手上的脏迹还清晰可辨地印在纸上。罗赫莫特每年来加尔各答街上做买卖,总是把回忆女儿的印迹装在心窝里。这样,他仿佛感到有一双温柔的小手,在抚摩着他那被离愁折磨着的心。

凝视着手印,泪水模糊了我的视线。我忘了他是喀布尔小贩,而我是孟加拉贵族。我只是想:他也和我一样——我是父亲,他也是父亲!他那山区家乡的小帕尔博蒂的手印,使我想起了米妮。我立刻派人把她从里屋叫来。里屋很多人都反对这样做,但我不听他们的。米妮出来了。她穿着鲜艳的红绸衣服,额头上点着檀香痣,打扮成新娘子的米妮,含羞腼腆地站在我面前。

喀布尔人见到米妮很惊讶。他们再也不能进行往日那种愉快的交谈了。他终于笑着说:"小人儿,你就要到公公家里去了?"

米妮现在已懂得了"公公家"的含义,她再也不能像过去那样回答了。听到罗赫莫特的问话,她羞得满脸通红,转过身去站在那里。我想起了米妮和喀布尔人第一次见面的情景,我的心有些隐隐作痛。

米妮走了。罗赫莫特深深地叹了口气,就在地上坐了下来。他突然感到,他的女儿在这漫长的岁月里,也该长得这么大了。需要和她进行新的交谈,新的结识。她也不会是往日的模样了!

已经八年了！这期间，谁知道发生了什么变故没有？在秋日和煦的阳光里，唢呐吹奏起来了。罗赫莫特坐在加尔各答的一条巷子里，冥想着阿富汗的光秃秃的群山。

我拿出一张支票递给他，说："罗赫莫特，你回家去吧！回到自己女儿身边去！愿你们父女重逢的欢乐，给我的米妮带来幸福！"

由于送了这份礼物，婚礼的场面不得不有所缩减。不能像原来设想的那样点电灯，请乐队。家里的女眷们都很不满。但是，我却感到，幸福的光芒使这喜庆的节日格外生辉！

1892年阿格拉哈扬月

赏析与品读

泰戈尔曾这样回忆他的童年："我们从来没有享受过我们所期盼的美味佳肴，穿着朴素普通。……十岁之前，从未有那一天，为某种目的穿过袜子。冬日里，我们穿一件白色的印度长衫，外加一件白色的外套，但我从来没有为此归罪于命运，或者觉得寒酸……"泰戈尔出生于加尔各答一个名门望族，但在他小时候的记忆里，家族的大人们对孩子们从不溺爱娇宠，相反他们要求孩子们要生活俭朴，谦逊为人。因此，即使是在当时等级制度森严的印度，泰戈尔的观念里却少有贫富贵贱之分，他同情那些看似卑微的劳动者，他也能从他们身上发现人性的闪光点。

这一思想直接体现在小说《喀布尔人》上。小说讲述了一个在印度做小生意的喀布尔人与一户殷实的孟加拉人家小女孩交往的故事，这位叫罗赫莫特的喀布尔人，蹲过监狱，漂泊四方，但却在这

大作家讲的小故事

样漫长的岁月里,他见证了小女孩米妮的成长。这样温情的故事,借由米妮父亲之口娓娓道来,平淡中十分动人,是泰戈尔短篇小说中的叙事典范。

放　假

石景武 译

● 带着问题读一读，你会收获更多 ●

1. "这个早熟的哲学家默默地认为，这是一场毫无意义的游戏。"这句话有什么含义，达到了怎样的艺术效果？
2. 法提克到舅舅家学习的经历是不愉快的，这是他的责任吗？为什么？

大作家讲的小故事

孩子王法提克·丘克罗博尔迪的脑海里突然冒出个新念头：河边上放着一根做桅杆用的娑罗树树干，他决定带领孩子们把它推走。

孩子们一想到那棵树干的主人在丢失了他急需的东西后那种气急败坏的样子，就一致同意了孩子王的建议。

正当孩子们勒紧腰带准备推树干时，法提克的弟弟马孔拉尔却铁青着脸坐到了树干中央，这个举动使孩子们大为不快。

一个男孩走上前，忐忑不安地推了他两下，但他却纹丝不动。这个早熟的哲学家默默地认为，这是一场毫无意义的游戏。

法提克冲上前去对他弟弟吼道："看我怎么揍你！马上给我下来。"

马孔拉尔稍微挪动了一下身子，在树上坐得更稳了。

在这种情况下，法提克为了在众人面前维护自己的尊严，本想立即给他这个不服管的弟弟一个响亮的耳光，但他没敢这么做。当然，如果他想做的话，他还是能够制服他这个弟弟的。突然，他脑海里又闪出一个使游戏更加引人入胜的新招儿，他建议把树干连马孔拉尔一起推走。

马孔拉尔心想，这是他的骄傲。他和其他孩子都想不到，这是一个多么危险的游戏。

孩子们使足了劲开始推树干。他们叫着号子："推木头啊，嗨呦，嗨呦！棒小伙儿啊，嗨呦，嗨呦！"于是，树干还没转一圈，马孔拉尔就连同他的骄傲和哲学都跌落在地上了。

在游戏一开始就产生了这么意想不到的效果，其他孩子们都兴奋极了，可法提克却有些不知所措。此时，马孔拉尔从地上爬起来，扑向法提克并劈头盖脸地打了起来，他在法提克的鼻子上、脸上乱抓一通，然后一边哭着一边向家里走去。这场游戏也

到此结束了。

法提克随手拔起一把芦苇,踏上河边的一艘船,坐在船头默默地嚼起了芦根。

正在这时候,一只外来的小船靠近了码头。一位中年人从船上走下来。他蓄着黑胡子,头发花白。他向法提克问道:"丘克罗博尔迪的家在哪里?"

法提克一边嚼着芦根一边回答说:"在那边。"但谁也搞不清楚,他究竟指的什么方向。

那位中年人又问了一声:"到底在什么地方?"

法提克答道:"我不知道。"说完他又津津有味地嚼起芦根。中年人只好根据别人的指点向丘克罗博尔迪家走去。

不一会儿,巴嘎·巴格迪走过来对法提克说:"法提克大哥,你妈叫你呢。"

法提克说:"我不回去。"

巴嘎不由分说拉着他半拽半拖地往家走去。法提克气愤地对巴嘎拳打脚踢,但仍无济于事。

法提克的妈妈一见法提克,气得涨红了脸,对他吼道:"你怎么又打马孔拉尔了!"

法提克答道:"没有,我没打他。"

"你还敢说谎!"

"我从来没打过他,你可以问马孔拉尔。"

当问到马孔拉尔时,他仍坚持说:"他打我了。"

此时,法提克再也按捺不住自己的气愤,冲上前给了马孔拉尔一记响亮的耳光,嚷道:"你还撒谎。"

妈妈站在马孔拉尔一边使劲推法提克,还在他的背上狠狠地打了三巴掌。法提克不由自主地推了妈妈一下。

大作家讲的小故事

妈妈大声叫起来:"好啊,你都敢跟我动手了!"

正在这时,那个长着花白头发的中年人走进屋来说:"发生什么事了?"

法提克的妈妈惊喜交加地说:"哎哟,是大哥啊,你什么时候到的?"说完向他行了触脚礼。

比绍姆婆尔好多年前就离开家乡去西部地区工作了。这些年来,他妹妹已经添了两个孩子,孩子们已经长大,妹夫也去世了。这期间,哥哥一次也没来看过妹妹。这次比绍姆婆尔是专程回家来看妹妹的。

兄妹久别重逢,大家热热闹闹地欢聚了好几天。在临行前,比绍姆婆尔向他妹妹了解了两个外甥的学习和品德方面的情况。他妹妹向他讲道,法提克不服管束,也不用心读书,马孔拉尔温文尔雅并且具有强烈的求知欲望。

妹妹说:"法提克真让我忧心如焚。"

比绍姆婆尔听了妹妹的话提议说,他可以带法提克去加尔各答,让他在自己身边上学。妹妹欣然接受了哥哥的好意。

妈妈问法提克:"怎么样,法提克?你愿意和舅舅去加尔各答吗?"

法提克高兴地跳起来说:"我愿意。"

妈妈不反对法提克离开家乡,因为她无时无刻都在担心,不定哪天他会把马孔拉尔推到河里去或者打破马孔拉尔的头,可是当她看到法提克这么迫切想离开家乡时,心里又不免有几分伤感。

"哪天走?什么时候走?"法提克一遍又一遍地催问舅舅。由于过分高兴,那一夜他没睡好觉。

在离开家那一天,法提克很高兴,因而表现出非常大方的态度。他把他的钓鱼竿、风筝和风筝线轴全都留给了马孔拉尔。

来到加尔各答舅舅家，法提克首先和舅妈见了面。舅妈从内心里对这个家庭新成员的加入感到不快。她本来带着自己的三个儿子过着安安静静的日子，突然间插进来一个十三岁的、陌生的、没上过学的乡下孩子。这将带来多大的麻烦啊！比绍姆婆尔已经一大把年纪了，怎么连这一点也不懂。

　　特别是十三四岁的男孩，世界上没有比这种孩子更难对付的了。他们既不懂事，又干不了什么活儿。他们既不招人喜欢，也没人和他们交朋友。话说少了，会被说成是乳臭未干；说多了吧，又被说成是小大人或狂妄。因为长得过快，衣服突然不合身了。人们认为他太淘气，就因此而默默地责怪他，儿时和青年时的许多错误可以原谅，但这个年龄段的孩子的不可避免的错误却仿佛是无法容忍的。

　　法提克心里清楚，他和这个世界确实有点不适应。因此，他总是对自己的存在感到害羞，希望得到别人的谅解。可是这个年纪的孩子常常渴望得到更多的温存和体贴。这个时候，如果他能从某些好心人那里得到爱抚和友谊，他将对他们言听计从。但是，没有人敢喜欢他，因为如果那样的话，人们就会认为是放纵他。因此，法提克在这里很像被主人抛弃的狗。

　　在这种情况下，对于法提克来说，除了自己母亲家，任何其他陌生之地都如同地狱一般。在冷漠的周围气氛中，他每走一步都胆战心惊。这个年纪的孩子常常把女人想象成如同天堂里的仙女一般，所以她们对他的漠视常常使他无法忍受。

　　在舅妈那双缺乏温柔的眼神里，法提克就像突然出现的扫帚星，这点特别让他伤心。有时候，舅妈让他去做某件事时，他会兴奋异常地去干更多的事，最后舅妈往往出来泼冷水，对他说："够了，够了。你不用再干那件事了，你快去干你自己的事，去读书

大作家讲的小故事

吧。"舅妈对他的过度关心也使他感到极不正常。

法提克在这个家里得不到疼爱，可是连去诉苦的地方都找不到。他被关在围墙之内，只能靠回忆农村的生活打发日子。

他和伙伴们常常在一起放风筝的那个空旷的田野，那条唱着自己的歌曲奔腾不息的大河，同小伙伴们一起游泳戏水的那条小溪，那种恶作剧和无拘无束的生活，特别是对他管束颇严、对他极不公平的妈妈，常常触动着他那无可奈何的心灵。

在这个害羞的、惶惶不可终日的、又瘦又高的男孩心里，常常滋生着一种像动物一样不可名状的慈爱，一种希望接近人的强烈愿望，一种看不见摸不着的、不可言喻的冲动以及类似那种黄昏时刻失去母亲的小牛犊呼叫妈妈时的哭泣。

在学校里，像法提克这样笨拙和不用心的男孩找不出第二个来。老师向他提问时，他只是张着嘴却一个字也说不出来。当老师打他时，他就像负重的驴子一样默默忍受。当其他男孩下课后去操场玩耍时，他却独自一人站在窗户旁边注视着远处一所所房子的屋顶。在中午时分，当他看到某家屋顶上有几个孩子在一起做游戏时，他的心潮也会起伏不平。

有一天，法提克下了很大决心才鼓足勇气问他舅舅："舅舅，我什么时候能回我妈妈家？"舅舅回答说："等学校放假吧。"迦尔迪克月学校才放假，离现在还远着呢。

一天，法提克丢了一本上课用的书。这本书的内容比较难，丢了它以后他真不知该怎么办。为了此事，老师天天打他，并当众羞辱他。在学校里，他处于十分难堪的境地，以至于连他的表兄弟们也羞于承认和他的亲戚关系。当他受到侮辱时，他们甚至显得比别的孩子还高兴。

法提克终于有一天忍不住了，他像一个罪人一样对舅妈说：

"我把课本丢了。"

舅妈非常厌恶地撇了撇嘴说:"瞧你干的好事,我总不能一个月给你买五次书吧?"

法提克一句话也没说就走开了。当他想到自己糟蹋了别人的钱时,心里不由得怨起了妈妈,自己的贫穷和不成器更使他无地自容。

那天放学以后回到家,法提克夜里开始头疼,并且浑身打战。他知道自己发烧了。他心里明白,自己一病对于舅妈来说就如同灾难降临一般,他深深懂得,舅妈肯定会把他的病看成是无穷无尽的麻烦。在生病的时候,这个无知的、无助的孩子每当想到远离妈妈要由别人来伺候自己时,他就感到很羞愧。

第二天一大早,法提克突然不见了,四周邻居家去找,也不见他的踪影。

那天从晚上开始又下起了雨季的瓢泼大雨,很多人为了寻找他被淋得透湿。最后哪儿也找不到。比绍姆婆尔只得把法提克失踪的消息报告给警察局。

第二天晚上,一辆警车驶来,停在了比绍姆婆尔家门口。当时雨还在哗哗地下个不停,雨水已经没膝深了。

两名警察从车上把法提克扶下来交给了比绍姆婆尔。只见他从头到脚全湿了,身上沾满了泥巴,眼睛和面部通红,浑身都在发抖。比绍姆婆尔赶紧把他揽在怀里带进屋去。

舅妈看到法提克回到家就气呼呼地对丈夫说:"你呀,你何苦为了别人的孩子这样操心受累啊!还是赶紧把他送回老家去吧。"

比绍姆婆尔这一整天担惊受怕,连饭也没吃好,还无端地对自己的孩子发脾气。

法提克一边哭,一边对舅舅说:"我去找我妈去了,他们又

大作家讲的小故事

把我送回来了。"

法提克发起了高烧，整夜不停地说胡话。比绍姆婆尔把大夫请到家里。

法提克使劲睁开了通红的眼睛望着房梁傻愣愣地说："舅舅，我们学校放假了吗？"

比绍姆婆尔用手绢擦了擦眼泪，爱抚地把他瘦弱而滚烫的手放到自己手上，坐到了他的身旁。

此时，法提克又开始说起了胡话："妈妈，别打我了，我说的全是真话，我确实没犯错误。"

又过了一天，法提克稍微清醒了一点儿，他直着眼睛扫视屋子四周，似乎在寻找什么人，很快又失望地把脸转向墙躺下了。

比绍姆婆尔明白了外甥的心思，把嘴凑近他的耳边轻声对他说："法提克，我已经送信让你妈来。"

又过了一天，大夫满脸愁容地告诉大家，孩子病情加重了。

比绍姆婆尔在暗淡的灯光下坐在法提克床前焦灼地等待着妹妹的到来。

法提克在昏迷中学着搬运工的声调嚷着："一米深不行，得两米深才行，这不行。"在从老家来加尔各答的路上，法提克有几段路是坐船来的。

在船上，他看到了搬运工们嚷嚷着把粗粗的绳子抛进河里丈量水深。法提克在说胡话，他模仿他们在丈量水深时那种凄凉的语调。但是他现在似乎是航行在无边无际的大海中，把绳子抛进海里也丈量不出大海到底有多深。

正在这个时候，法提克的妈妈像一阵风似的冲进屋里并号啕大哭起来。她扑倒在床前大声地呼叫道："法提克，我的心肝儿，我的好宝贝儿。"

法提克似乎很轻松地答应了一声:"哎。"

妈妈又呼叫了一声:"我可怜的法提克,我的好儿子。"

法提克慢慢转过身来,也不看任何人,轻声地说道:"妈妈,现在我放假了,我可以回家了。"

1892年巴乌沙月

在我们成长的记忆里,总会有这样一个小伙伴,他果断霸气,处理事情从不拖泥带水;他是大家关注的中心,也是诸多鬼点子的制造者;你有时会受不了他的发号施令,但如果他不在,你会觉得游戏一点都不好玩……没错,这就是孩子王。长大后的孩子王会变成什么样?相信这是很多人好奇的话题。《放假》就为这个答案提供了很好的范本。

孩子王法提克·丘克罗博尔迪一出场,就干了件不靠谱的事儿:把树干连同坐在上面的自己的兄弟马孔拉尔一起推走。马孔拉尔摔了个嘴啃泥,法提克的命运也从此开始改变。母亲把他送离了家乡,原以为大城市的繁华能改变他身上如野马般的自由气息,结果确实是这样,只不过一个充满灵气的孩子消失了,他变得沉默寡言、小心翼翼,变成了大人眼前"笨拙和不用心的男孩"。

泰戈尔第一次在他的小说中表现出了对教育的忧思,他更关注孩子的天性自由发展,同时,他的字里行间流露出对城市化所带来的一系列改变和冲击的忧虑,传统秩序的瓦解,伴随而来是乡村原

大作家讲的小故事

始自由气质的消失,当成功已经代替了成长,人生是不完整的。这样的思考,在如今仍然具有非常重要的现实意义。

河边台阶的诉说

董友忱 译

● 带着问题读一读，你会收获更多 ●

1. 库苏姆悲惨的命运是什么造成的？是苦行者吗？为什么？
2. "他们仿佛是在互相辨认，好像他们前生彼此相识。"这句话在文章中的作用非常关键，为什么？

大作家讲的小故事

如果把发生的事情都印在石头上，那么，你就可以在我的每一级台阶上读到许多昔日的故事。你如果想听过去的故事，那就请你坐到我的台阶上来；只要你侧耳细听着潺潺的流水，你就可以听到过去无数动人的故事。

我现在还记得从前发生的一个故事。那天也像今天这样，只剩下三四天就该到阿什温月①了。

清晨，凉爽而清新的和风，为刚刚苏醒的机体带来了新的生机。娇嫩的树叶在轻轻地拂动。

恒河涨满了水。只有四级台阶露出水面。河水和陆地仿佛结下了亲密的友谊。在芒果林下边的河滩上，生长着一片海芋，恒河的水已经漫到了那里。在河湾处有三堆破旧的砖头，已被水包围。系在河岸的合欢树上的渔船，随着早晨的潮水漂浮、动荡——充满青春活力的顽皮的潮水，在嬉戏，在击打着渔船的两舷，犹如揪住小船的鼻子，开着甜蜜的玩笑。

秋日的晨光照耀着涨满水的恒河，她的颜色犹如纯金和羌巴花一样橙黄。太阳的这种光色，我还从来没有见过。阳光还映照着浅滩和芦苇荡。现在，芦花刚刚绽蕾，还没有全部开放。

船夫们念颂着"罗摩、罗摩"，解缆开船了。小船扬起小小的风帆，迎着阳光起航，就好像鸟儿在阳光下欢快地展翅飞向蓝天。可以把这些小船比作鸟类：它们犹如天鹅一样在水中遨游，但是翅膀却在空中欢快地翱翔。

婆达恰尔久先生，总是按时提着铜罐来洗澡，有几个姑娘也来到河边汲水。

这是不久前发生的故事。你们可能觉得很久了，但是我却觉得这是前几天才发生的事。长期以来，我总是在静静地注视着我

---

① 阿斯温月：印历的7月，跨公历9月—10月两月，为30天。

的日月怎样驾驭着恒河的激流戏闹而去，所以我就感觉不到时间过得太漫长。我那白天的光明和夜晚的阴影，每天都投落在恒河上，而且每天又都从恒河上消逝，什么地方都没有留下它们的影像。因此，尽管看上去我像个老人，我的心却永远年轻。在我多年来的记忆上虽然覆盖上了一层水草，但它的光辉并没有消亡。偶尔漂来一根折断的水草，沾在我的心上，然后又被波涛卷去。所以我不能说，我这里一无所有。在恒河的波涛触不到的地方，在我的一些缝隙里，长满了蔓藤水草，它们是我过去年代的见证人；它们温柔地保护着过去的年代，使她永远碧绿、优美、永远年轻。恒河一天天从我身边一个台阶一个台阶地退下，而我也一个台阶一个台阶地变衰老了。

　　丘克罗波尔迪家里的那位老太太，洗过澡，披着纳玛波丽①，捻着串珠，颤抖着正在赶回家去。那时候她的姥姥还在幼年。我记得，她喜欢每天到河边来玩耍，把一片芦荟的叶子抛向恒河，让它随着流水漂去；在我的右手附近，有一个漩涡，那片芦荟叶子漂到那里，就不停地打起转来，小姑娘放下水罐，站在那儿瞧着它。过了一些日子，我看到那个小姑娘已经长大，并且带着她自己的女儿来汲水；而她的女儿又长成了大人；当她的女儿们在顽皮地互相泼水的时候，她就制止她们，并且教育她们应当互相尊重。每当我看到这一切，我就想起了那漂浮的一叶芦荟之舟，并且感到很有趣味。

　　我认为，我要讲述的这个故事，不会再次发生了。每当我在讲述一个故事的时候，另一个故事就会顺流漂来。一个故事发生了，然后又逝去，我无法把它挽留住。只有一个故事，宛如跌入漩涡的那一片芦荟扁舟，在我的记忆里不停地旋转。这样的一个

---

① 纳玛波丽，一种印有神仙名字的上衣。

大作家讲的小故事

故事之舟，今天又载着它的负荷，转回到我的身边来了，而且眼看着就要沉没。它就像一片芦叶那样渺小，上面除了载有两朵盛开的小花，再也没有什么了。假如那位心肠慈善的小姑娘看见它在沉没，就一定会长长叹息一声，随即返回家去。

你们看，在寺庙旁边有一个牛圈。那是公沙伊家的牛圈，它的外边围绕着栅栏。那里有一棵合欢树。在这棵树下，每周开放一天集市。那时候，公沙伊的一家还没有住在这里。现在他们家祈祷室所在的那个地方，当时只有一个用棕榈树叶搭成的棚子。

现在这里的这棵无花果树已把它的手臂伸进了我的细胞里；它的根部犹如细长坚硬的手指一样，把我那颗破碎的石心拢在一起。那时候它还只是一棵小小的树苗。但是它很快地抬起了缀满娇嫩绿叶的树冠。每当太阳升起来的时候，它那枝叶的阴影就在我的身上整天地戏耍；它那新生的须根，就像婴儿的手指一样，在抚摸着我的胸脯。要是有人摘掉它的一片叶子，我也会感到心疼的。

当时虽然我的年岁已经不小，但是看上去我还相当笔直。今天我的脊柱已经折断，就像圣贤阿什达瓦克罗①一样，弯腰驼背了；在许多地方，出现了如同皱纹似的深深的裂缝；在我的腹部的洞穴里，世界上的青蛙都可以栖息、冬眠，但是当时我并不是这副模样。在我的左手附近也没有这两堆碎砖头。在那里的一个洞穴，栖息过一只燕子。每当早晨一醒来，它就舞动着那鱼尾似的双尾，鸣叫着向天空飞去。这时候我就知道，库苏姆该到河边来了。

我现在讲述的这个姑娘，她的同伴们都叫她库苏姆。我觉得库苏姆就是她的名字。当库苏姆纤细的身影映在水中的时候，我就十分希望能把这身影留住，把这身影刻在我的石阶上；这样的

---

① 阿什达瓦克罗：意为"八道弯"，古代印度传说中的圣贤，迦霍尔之子。当他母亲苏贾达怀着他的时候，他就指出他父亲错诵了吠陀经，父亲一气之下，诅咒他生下有八道弯。因此，他生来脊柱就有八道弯。

身影简直就是一种美景。每当她踏步在我的石阶上,她那四只脚镯就叮当作声,这时候我身边的水草好像也在翩翩起舞。库苏姆并不喜欢过多地玩耍、聊天或嬉闹,然而令人惊疑的是,她的女伴并不比别的姑娘少。没有她,顽皮的姑娘们就会感到寂寞。有人管她叫古稀,有人管她叫库什,也有人管她叫拉古稀,而她的妈妈叫她库什米。我常常看见库苏姆坐在河边。她的心仿佛与这河水结下了某种特殊的缘分。她十分热爱这河水。

但是后来我再也没有看到库苏姆。普崩和绍尔诺时常来到河边哭泣。我听说,她们的古稀——库什——拉古稀被接到婆家去了。我还听说,她所去的那个地方没有恒河。那里的人们、房舍、道路、河边的台阶,对她来说都是陌生的,而她就像一株荷花,被人们移植到陆地上了。

我渐渐忘却了库苏姆。一年过去了,到河边台阶上来的姑娘们,已不再更多地谈论库苏姆。一天黄昏,一双久已为我熟悉的脚仿佛突然踏上了我的身躯。我似乎觉得,这是库苏姆的脚。的确是呀,但是我已经听不到脚镯的响声,她的那双脚也没有奏出乐曲。长期以来,我总是同时感觉到库苏姆双脚的触摸和她那脚镯的响声——可是,今天却突然听不到她那脚镯的声音。因此,在这黄昏时刻,河水好像在呜咽,风在拂弄着芒果树的枝叶,悲悲楚楚,凄凄切切。

库苏姆成了寡妇。我听说,她的丈夫在外地工作;她和丈夫在一起只生活了一两天,尔后她就再也没有见到她的丈夫。她从一封信里得知,她的丈夫死了,她当时只有八岁。库苏姆擦去头上的朱砂分发线①,摘掉首饰,又回到了恒河边上的家乡。但是,

---

① 印度女性结婚后就在头上分发处涂上朱砂,这是有丈夫的标志,一旦成为寡妇,就不再用朱砂涂抹分发线。

大作家讲的小故事

她在这里再也没有见到她的女友。普崩、绍尔诺、奥莫拉都已经出嫁。只有绍罗特还在，但是我听说阿格拉哈扬月她也要结婚。现在只剩下库苏姆一个人了。她把头伏在两个膝盖上，在我的台阶上默默地坐着。我仿佛感到，河里的波涛都一起举起手来，向她呼叫："古稀——库什——拉古稀！"

库苏姆一天比一天显得更加俊美和充满青春活力，就像雨季开始的时候恒河一天比一天显得更加丰满一样。但是，她那淡素的服装、忧郁的面容和悠闲的表情，给她的青春罩上了一层阴影，使得一般的人看不见她充满青春的美。仿佛没有人发现库苏姆已经长大，就连我也没有注意到。库苏姆在我的心目中永远是个小姑娘。她的脚镯确实没有了，但是每当她行走的时候，我就好像听到了她那脚镯声。就这样，一晃十年过去了，村里人似乎谁也没有发觉她长大了。

那一年的帕德拉月①的最后一天，就像你们所看到的今天一样。那一天的早晨，你们的曾祖母们起来后，看到了就像今天这样的温柔的阳光。于是她们披上头巾，提着水罐，经过洒满晨光的草地，经过高低不平的村中土路，谈笑风生地来到我的身旁。那时候，她们怎么也不会想到你们将来会降生。这正如你们也无法想到，你们的祖母们从前也曾经有过娱乐玩耍的日月一样；那时节也和今天一样，到处充满着生机。在她们年轻的心里，也有欢乐和忧伤，有时也会心潮起伏，翻滚激荡。可是在今年这个秋季，她们已经不在了。她们的悲欢已经消逝。像今天这样欢乐的阳光、明媚的秋日美景，她们当然也是想象不到的。

那一天早晨，北风第一次习习地吹来，缀满花朵的金合欢树将一朵朵花儿抛撒到我的身上。在我的石阶上，凝聚了一串串露珠。就在那天早晨，不知从什么地方来了一位年轻的苦行者。他

---

① 孟加拉历的五月，在公历的8~9月。

皮肤白皙，身材细高，容貌俊美；他就在我对面的那座湿婆庙里住了下来。苦行者到来的消息，传遍了全村。姑娘们放下水罐，来到庙里，向这位圣贤致敬。

来的人一天天多起来。这位苦行者仪表堂堂，待人彬彬有礼；他看见孩子，就把他们抱在怀里；母亲们来了，他就询问她们的家务。他在很短的时间内，就赢得了妇女们的尊敬。男人们也经常来他这里。他有时候诵读《薄伽梵书》，有时候宣讲《薄伽梵歌》，有时候坐在庙里，探讨各种经典。有人到他这里来请教，有人来求符咒，有人来探求治病的药方。姑娘们来到河边的台阶上，常常议论说："哎呀，他有多美呀！简直就像湿婆大仙亲自下凡，来到了这座庙里。"

每天清晨，在太阳升起之前，苦行者站在恒河的水中，面向启明星，用缓慢深沉的语调进行晨祷。每当这时候，我就听不到河水的絮语。每天听着他那晨祷的声音，恒河东岸的天边就升起红日，殷红的霞光映着朵朵彩云，黑暗就像含苞待放的花蕾的一层外皮，慢慢地绽开，向四面退去；而那鲜花般的红色霞光，一点儿一点儿地染红了天池。我觉得，这个伟大的人物立在恒河水中，凝望着东方，在念颂着一种伟大的咒语。随着这咒语的每一个字的涌出，那黑夜巫婆的妖术也就跟着失灵，月亮、星辰就会西坠，太阳就在东方冉冉升起，世界的舞台也就发生了变化。他简直是一位具有魔力的人物！沐浴之后，苦行者拖着他那高高的、犹如祭祀火焰般的、熠熠闪光的、圣洁的身躯，从水里走出来，水珠从他的头发上滴落下来。在晨光的照耀下，他的全身都在闪烁着光辉。

就这样，几个月过去了。在恰特拉月①，有一天发生了日食；这一天很多人都来恒河里进行沐浴。合欢树下开设了大集。人们

---

① 孟加拉历的十二月，在公历的3~4月。

大作家讲的小故事

借此机会来这里，也想看一看这位苦行者。从库苏姆家所住的那个村子也来了很多姑娘。

早晨，苦行者坐在我的台阶上，在诵读圣典。一个姑娘看见他后，忽然拍着另一个姑娘的肩膀说："喂，他就是我们村里库苏姆的丈夫。"

这个姑娘用两个手指把面纱微微拉开一道缝，看了一下说："我的天哪！真是他呀！他是我们村里查杜久家里的少爷。"第三个姑娘没有更多地卖弄自己的面纱，她说："可不是嘛，前额、鼻子、眼睛，一点不差！"第四个姑娘甚至都没有看他一眼，就一边叹息着把水罐灌满水，一边说道："哎，他不是死了吗？难道他还会复活？库苏姆怎么这样苦命呀！"

当时有的说："他没有这么长的胡子！"有的说："他没有这么瘦呀！"有的说："仿佛他也没有这么高。"

就这样，她们没有得出一致的看法，也不可能得出一致的看法。

村里的人都看见了这个苦行者，只有库苏姆没有看见他。因为到这里来的人太多，所以库苏姆就没有到我这里来。一天黄昏，她看到月亮升起来，大概想起了我们旧日的友情。

当时河边台阶上一个人也没有。只有蟋蟀在不停地叫着。庙里的钟锣刚刚敲过，它那最后一声的余波，宛如幽灵，在河对岸的阴暗的树林中回荡，并且渐渐减弱。月光皎洁，潮水呜咽，库苏姆坐在那里，把自己的身影洒在我的身上。微风习习，草木寂寂。在库苏姆的面前，是洒满月光的宽阔的恒河；在库苏姆的背后，在周围的灌木丛中，在花草树木上，在庙宇的阴影里，在残垣断壁上，在池塘的岸边，在棕榈树林中，黑暗用衣襟遮住自己的头和身，静静地坐着。蝙蝠在七叶树的枝叉上轻轻摇荡，猫头鹰在庙的尖顶上哭泣，从人们的住宅附近，偶尔传来豺狼的几声嗥叫，然后又万籁俱寂。

苦行者从庙里慢慢地走出来。他来到河边，走下几级台阶，看见一个女子单独地坐在那里，于是就想转身离去。就在这时候，库苏姆突然抬起头来，向后望去。

纱丽的一端从她头上滑落下来。她抬起头来，月光照在她的脸上，就像一朵仰首盛开的鲜花映着月光一样。在这一瞬间，两个人的目光相遇了。他们仿佛是在互相辨认，好像他们前生彼此相识。

猫头鹰叫着从头上掠过。库苏姆听到这叫声感到恐惧，但她竭力克制自己。她用纱丽一端蒙住头，站起来，向苦行者行了触脚礼。苦行者向她祝福，并问道："你叫什么名字？"库苏姆回答说："我叫库苏姆。"

那一夜，他们再也没有说什么。库苏姆的家离这里不远，她慢慢地向自己的家中走去。那一夜，苦行者在我的台阶上坐了很久。最后，从东方升起的月亮已经西坠，苦行者的背影落到他自己的面前，这时候他才站起来，走进庙里。

从第二天起，我就看到，库苏姆每天都来向这位苦行者行触脚礼。每当他宣讲经典的时候，库苏姆就立在一旁聆听着。苦行者做完晨祷，就把库苏姆叫来，给她讲解有关宗教方面的问题。我不知道她是否全能听懂，但她却聚精会神地坐在那里默默静听。苦行者对她有什么吩咐，她都准确无误地去完成。每天她都到庙里来做事——在敬神方面坚持不懈。她采集鲜花供神，从恒河里汲水来洗刷庙堂。

她坐在我的台阶上，思考着苦行者给她讲述的一切。她的视野仿佛在慢慢地扩展，她的心胸也开阔了。她开始看到了前所未见的东西，开始听到了前所未闻的事情。笼罩在她沉静的脸上的一层忧郁的阴影已经消逝。每天早晨，当她满怀虔敬的心情，向

大作家讲的小故事

这位苦行者行触脚礼的时候，她就像奉献在神仙面前的一朵被露水洗涤过的鲜花。她的全身都在焕发着一种优美的欢乐之光。

在冬季即将过去的时候，冷风还在劲吹；一天傍晚，忽然从南方吹来了一股春风，天际中的寒意完全消失了。过了很多天之后，村里又响起了竹笛声，还可以听到歌声。船夫们驾船顺流而下，他们停下桨，唱起了黑天①的赞歌。鸟儿在树枝间跳来跳去，突然欢快地互相呼叫起来。春天就这样降临了。

一接触春风，我这颗石头心也好像一点一点焕发了青春；我的内心充满了这种新的青春激情。仿佛我的蔓藤也开满了花朵。在这段时间，我再没有看到库苏姆。她没有再来庙里，也没到河边来，我再也没看到她坐在苦行者的身边。

我不知道出了什么事。过了一些日子，一天傍晚，库苏姆又在我的台阶上和苦行者见面了。

库苏姆低着头，说道："师尊，是您叫我来的吗？""是的，我怎么见不到你？现在你怎么这样不热心敬神？"库苏姆沉默不语。"请把你的心事告诉我。"

库苏姆把脸微微偏过去，说道："师尊，我是个有罪的人，所以我才不敢再像以前那样热心敬神。"

苦行者用十分柔和的语调说："库苏姆，我知道，你的心里很不平静。"

库苏姆感到十分惊奇。她大概在想："我真没料到，苦行者会知道我的心事。"她两眼噙着泪水，用纱丽遮住脸，坐在苦行者的脚下痛哭起来。

苦行者离开她一些，说道："把你的不安都告诉我，我会指

---

① 黑天（krishna），在印度神话传说中，他是天神毗湿奴的化身，《摩诃婆罗多》中的英雄，他与牧女罗陀的爱情故事在印度广为流传，家喻户晓。

给你一条走向安静的路。"

　　库苏姆用坚定而虔敬的声调述说着，但是有时停顿，有时哽咽。她说："您既然吩咐，那我就告诉您。不过，我可能说不大清楚，但是我感到，您心里会明白这一切的。师尊，有一个人，我敬重他，崇拜他，如同神灵，我的心里充满了这种崇敬的欢乐。可是一天夜里，我做了一个梦，仿佛梦见他是我心灵的主人。他坐在一个波库尔树林里，用左手拉着我的右手，向我倾诉爱情。我当时并没感到这是不可能的，也不觉得惊奇。我醒了之后，梦境却深深地印在我的脑子里。第二天，当我看见他的时候，就觉得他已不像以前那个样子。我的心幕上经常出现那次梦境。由于恐惧，我就远远地避开他，可是那个梦境却总是缠着我。从此我的心就再也不得宁静——我的一切都变得暗淡无光。"

　　当库苏姆一边擦着眼泪，一边讲述这些话的时候，我觉察到，苦行者使劲用他的右脚踩着我的石阶。

　　库苏姆的话讲完后，苦行者说道："你应当告诉我，你梦见的那个人是谁。"库苏姆双手合十地回答道："这我不能说。"苦行者说："为了你的幸福我才问你。他是谁，你要明确地告诉我。"库苏姆用力擦着自己那双温柔的小手，然后双手合十地问道："一定要说出他是谁吗？"苦行者回答道："是的，一定要告诉我。"库苏姆立即说道："师尊，他就是你呀。"

　　她自己的话一传到她自己的耳朵里，她就失去了知觉，倒在我那坚硬的怀里。苦行者犹如一尊石像，呆呆地站在那儿。

　　库苏姆恢复知觉后，就坐起来，这时苦行者慢悠悠地说："我吩咐你做的一切，你都做了；我还要吩咐你一件事，你也应当做到。我今天就要离开这里，我们不应当再见面了。你应当把我忘记。告诉我，你能做到吗？"库苏姆站起来，望着苦行者的

大作家讲的小故事

脸，用缓慢的语调说："师尊，我能做到。"

苦行者说："那么，我走了。"

库苏姆什么也没说，向他深深地鞠了一躬，抓起他脚上的尘土放在自己的头上。苦行者走了。

库苏姆说："他吩咐我把他忘记。"说完，她就慢慢地走进恒河的水里。

从小她就生活在这河岸上，在这里休息的时候，如果不是这河水伸出手来，把她拉入自己的怀抱，那么，还有谁来拉她呢？月亮已经下山，夜一片漆黑。我听到了河水在絮语，可是我一句也听不懂。风在黑暗中呼呼地刮着；为了不让人们看见任何东西，它仿佛想要一口气吹灭天上的星辰似的。

经常在我的怀里玩耍的库苏姆，今天结束了玩耍，离开我的怀抱走了。她到哪里去了，我无法知道。

1884年迦尔迪克月

赏析与品读

"喜马拉雅山头上覆盖的冰川中拘禁着滔滔洪水。"泰戈尔在《图书馆》中这样描述恒河。恒河是印度的母亲河，虔诚的信徒更是把它看成是一条通往天国的神圣水道。他们在恒河里沐浴，要清洗灵魂的一切罪孽，用这样的功德修筑死后解脱升天的道路。很多老人感到身体不好，觉得自己终日就要降临时，就慢慢向瓦拉纳西走来，睡在恒河边，唯愿在它的身旁结束自己的生命。

库苏姆的故事便发生在恒河边，她短暂而美丽的生命也结束在恒河的怀抱里。在泰戈尔的笔下，宗教给人们带来的影响，既有崇高圣洁的信仰之光带来的希望，也有生活轨迹因此而改变的深深无奈。

拉什摩妮的儿子

石景武 译

● 带着问题读一读,你会收获更多 ●

1. 筛马恰兰对自己的孩子管教很严,对同父异母的弟弟瓦巴尼恰兰却根本不加管教,为什么?
2. 遗书真的是卡里帕德找到的吗?如果不是,那是谁找到的?他为什么要这么做?

大作家讲的小故事

一

拉什摩妮是卡里帕德的母亲，但她也不得不同时承担起做父亲的责任，这样既当妈，又当爹，对儿子有百害而无一利。她的丈夫瓦巴尼恰兰根本就管教不了孩子。

如果有人问瓦巴尼恰兰为什么对儿子这么溺爱，要回答这个问题，有必要重温一下过去的历史。

事情是这样的——瓦巴尼恰兰出生于沙尼亚里的一家名门望族。他的父亲奥瓦亚恰兰的原配妻子有个儿子，名叫筛马恰兰。当奥瓦亚恰兰步入老年之时，他的原配妻子过世，他续了弦，当时岳父让他把阿伦迪田产特别写在自己女儿的名下。他一边计算着女婿的年龄，一边暗自想到：如果女儿守了寡，怎么也不能让她为了吃穿受制于原配妻子生的儿子。

没过多久，他的猜想果然应验了。在他的外孙瓦巴尼恰兰降生不久，他的女婿就去世了。他亲眼看到女儿已经获得了自己的地产，因此，在弥留之际，他对女儿的生活毫无牵挂。

当时，筛马恰兰已长大成人，甚至连他的大儿子也比瓦巴尼还大一岁。他就把瓦巴尼和他自己的孩子一起抚养起来。他从来没有从瓦巴尼恰兰母亲的财产中索取过一分钱，每年他都把财产账目整理得清清楚楚，让继母过目，再收好收据。看到这些，没有人不为他的诚实所打动。

实际上，几乎所有人都认为，他完全没有必要那么诚实，甚至有人认为那是愚蠢的代名词。对于把父辈完整财产的一部分给第二房妻子这件事，村子里的人颇有微词。假如筛马恰兰使用计谋宣布这份文件作废，那么他的邻居们肯定会赞扬他的这种男子汉气概。为了使他的这一目的得以巧妙实现，为他出谋划策者不乏其人。筛马恰兰尽管认为家族产权是不可分割的，但还是为他的继母单独留下了财产。

由于以上原因以及具有天生的慈善心肠，继母布拉杰森达莉对筛马恰兰就像对自己亲生儿子一样喜爱和依赖。看到筛马恰兰总把她的财产单独留出来，她曾多次对他嗔怪道："孩子，这些财产都是属于你们的，我怎么可能带着它们走进天堂呢？它们都将留在你们身边。我有什么必要来查看这些财产账目呢？"

筛马恰兰仍然不理会继母的这些话。

筛马恰兰对自己的孩子管教很严，但对瓦巴尼恰兰却根本不加管教。人们都众口一词地说，与对自己的孩子相比，他对瓦巴尼更加宠爱。在这种情况下，瓦巴尼的学习成绩不佳，总像小孩子一样不明事理，什么事情都依哥哥的意志是从，就这样慢慢长大。关于财产方面的事从来就不用他去操心——只是偶尔有一两次需要他在文件上签字，但他从来也不试图去弄清为什么要在这些文件上签字，因为他也确实搞不清楚为什么要签字。

与此同时，筛马恰兰的大儿子塔拉帕德由于在所有事情上都担当父亲的助手，逐渐成为各方面的行家里手。在筛马恰兰去世后，塔拉帕德对瓦巴尼恰兰说道："叔叔，我们不能再在一起过下去了。谁知道，哪一天由于一点小事，我们之间如果发生误解，我们家族就会四分五裂了。"

瓦巴尼做梦也想不到会有分家那一天，要由自己来单独管理自己的财产。他把自己从孩童到长大成人的那个家庭从来都视为一个不可分割的整体——这个家庭的某个地方的联结处会发生瓦解，这个突如其来的消息确实使他惴惴不安。

瓦巴尼提出的家庭名誉将要受损、亲戚朋友将会感到伤心等理由都根本动摇不了塔拉帕德分家的决心，但究竟该怎样分割家

大作家讲的小故事

庭财产,他为此陷入了深深的焦虑之中。看到这种情景,塔拉帕德十分惊讶地说:"叔叔,究竟是怎么回事?您何必这样心事重重呢?家族财产早已分割完了,您的外祖父在世时就已经把财产分割清楚了。"

瓦巴尼一下子愣住了,说道:"是真的吗?我怎么一点都不知道?"

塔拉帕德说:"那可怪了,您怎么会不知道呢?世人没有不知道这件事的。您的外祖父唯恐我们与你们会因为财产发生纠纷,所以从一开始就把阿兰迪单独留出来写在了你们的名下,这种情况一直延续到今天。"

瓦巴尼恰兰暗自思忖,这一切都是可能的。随即他问道:"那么,这间宅院呢?"

塔拉帕德说:"您若想要,它可以归您所有。咱们家城里还有一间房子,有那间房子,我们可以凑合着住。"

塔拉帕德就这样轻易放弃了自己的祖传宅院,对于他的这种大度,瓦巴尼感到意外。由于他从来没有看到过他们家城里那间房子,所以他对它丝毫没有兴趣。

当瓦巴尼把事情经过原原本本地告诉他的母亲布拉杰森达莉时,她顿足捶胸地说:"老天爷呀,这是从何说起啊!阿兰迪田产是你父亲为我糊口留给做妻子的一笔财产——那份田产的收入微乎其微。你为什么得不到你应得的那一部分遗产呢?"

瓦巴尼说:"塔拉帕德说了,父亲除了那份田产,什么遗产也没有给我们留下。"

布拉杰森达莉说:"我干吗要听他们的一面之词啊?你父亲亲手立了遗嘱,一式两份——其中一份留给了我,它放在我的箱子里。"

他们随即打开箱子,发现箱子里只有阿兰迪田产的证书,遗嘱却不见了,被人偷走了。

从村里请来了中间人,他是村子里祭司的儿子,名叫巴格拉恰兰。人们都说,他聪明过人。父亲是村子里的祭司,儿子是各方面的高参。这父子俩把村子里来世和今世的所有事情都给包了,在处理事情的过程中,不管结果如何,他们自己却从来不吃亏。

巴格拉恰兰说:"不管遗嘱找得到找不到,兄弟二人均具有享受父亲财产的同等权利。"

就在这个时候,又拿出了另外一份遗嘱,上面对于留给瓦巴尼的财产只字未提,却写明全部财产归孙子们所有。立遗嘱时,奥瓦亚恰兰的儿子还没有出生。

瓦巴尼让巴格拉作为自己的舵手,驾着船,驶向打官司的无尽无边的海洋中。当他抵达港口,翻箱倒柜地进行查找时,除了看到几把破金锁以外,铁箱子里已经空空如也。世袭的财产已经全部落入了他侄子的手中。为了打官司,瓦巴尼花去了阿兰迪田产的很大一笔钱,余下的钱还可以勉强度日,但已不足以维护他家族昔日的尊严。但由于获得了祖传的宅院,他默默地认为,自己还是占了很大的便宜。塔拉帕德一家进了城。从此这两家人就断绝了往来。

二

筛马恰兰背信弃义的行为使布拉杰森达莉心如刀割。筛马恰兰用不正当的手法偷走父亲的遗嘱,剥夺了弟弟的继承权。她无论如何也不会忘记他背叛父亲的这种行为。一直到去世前,她几乎每天都长吁短叹地、一遍又一遍地说:"正义是永远不会允许这种行为的。"她几乎每天都向瓦巴尼恰兰许诺说:"对于法律

大作家讲的小故事

我一窍不通。但我可以向你保证，你父亲的那份遗嘱绝不会永远不见天日，总有一天你会失而复得的。"

母亲反复的叮念，使瓦巴尼恰兰的心里生出了一线希望。对于像他这样一个无所作为的人，母亲的诺言无疑是一种莫大的安慰。忠贞妻子的话肯定会灵验的，属于他的东西，一定会自然而然地回到他的身边。就是凭着这种坚定信念，他默默地等待着。母亲去世后，他的信念更加坚定了——因为在生死离别的那一瞬间，母亲功德的光芒显得格外耀眼。对于贫困潦倒的生活他已经习以为常。他认为，这种缺吃少穿的窘迫境地，这种与以往生活习惯大相径庭的际遇，似乎只是一场短暂的闹剧——这些全都不是真实的。所以，当他那条达卡产的围裤破了，不得不穿上便宜的粗布围裤时，他心里仍然美滋滋的。祭祀的时候，昔日的盛大场面已不复存在，祭祀仪式只能草草收场。来宾们看到这种寒酸的场面不禁叹息着回忆起往日祭祀的那种恢弘气势。瓦巴尼恰兰心中暗暗觉得好笑。他想到，他们哪里知道，目前这种情况只是暂时的——以后总有一天会把祭祀仪式搞得红红火火，那时候他们会目瞪口呆的。对于将来那一定会出现的盛大场面，他似乎现在就已经亲眼看到，而对于眼前的窘况，他却视而不见。

这种讨论主要在他和他的仆人诺托之间进行。不知有多少次，在祭祀仪式草草收场当中，这主仆二人却热衷于讨论等将来日子好了，要怎样大张旗鼓地庆祝一番。甚至为了邀请谁和不邀请谁，为了是否有必要从加尔各答邀请戏班子来助兴等问题，二人会争得面红耳赤。诺托由于天生小气，在具体安排将来的祭祀仪式时所表现出来的吝啬，常常遭到瓦巴尼恰兰的严厉斥责，这种情况已经司空见惯，不足为奇了。

总而言之，瓦巴尼恰兰自己心中对财产没有过多的忧虑，唯一让他感到心焦的是，是谁继承他的遗产。因为，至今他还没有子女。当村子里那些肩负嫁女重担的好心人劝他再娶一房妻子时，他也会怦然心动。这倒不是因为他对新媳妇有什么特别兴趣，而是他传统地认为，妻子就像仆人一样应当宽容大度。但是，他深知，自己有财产却没有子嗣将是对自己命运的嘲弄。

就在这一年，他添了一子。人们都说，这回他们家该时来运转了——天堂之主奥瓦亚恰兰再次在这个家庭降生了，孩子那大大的眼睛和他一模一样。从孩子出生的命运天宫图中也可以看出，天宫的各种星辰如此紧密地联结在一起，预示着，他家的财产失而复得已指日可待了。

自从有了孩子以后，瓦巴尼恰兰的行为举止发生了明显的变化。长期以来，他把贫困当做一场儿戏，轻而易举地承受下来，但是在对待孩子上，他却再也无法保持那样的心态。为了使沙尼亚里著名的乔杜里家族即将熄灭的光芒重放异彩，既然在天宫星辰的保佑下，自己的孩子降临人间，那么，他对这个孩子就理所当然地负有一份责任。在这个家庭出生的男孩子从诞生之日起就一直深受宠爱，而瓦巴尼恰兰的长子却从一开始就被剥夺了这份权利，这种痛苦，他永远都不会忘怀。"我从这个家族得到了应得的东西，但我却不能把它们给予我的儿子。"每当忆及此处，他都感到"是我对不起他"。所以，他只能将对卡里帕德物质上的亏欠，用全身心的慈爱加以补偿。

瓦巴尼的妻子拉什摩妮则完全是另外一种类型的人。她从来没有为沙尼亚里的乔杜里家族的荣誉有过丝毫的担心。瓦巴尼对此早就了解并在心中暗暗地嘲笑她。他想，他妻子出身于一个微不足道的、贫困的、信奉毗湿奴教派的家庭，所以应当原谅她的这一错误想法。靠她来保持乔杜里家族的荣耀根本是不可能的。

大作家讲的小故事

拉什摩妮自己也承认这一点。她常说："我是穷人家的女儿，跟家族的荣誉沾不上边。有卡里帕德在，他就是我最大的财富。"遗嘱会失而复得，为了卡里帕德的幸福，使失去财产的这个家庭的干涸河道里掀起波澜，对这种议论她充耳不闻。她丈夫几乎和所有的人唠叨他丢失遗嘱的事情，而唯独不与他的妻子谈及自己这一最大的心事。有一两次，他试图把他的心事向妻子吐露，但得到的是不咸不淡的回应。她对家族过去的荣耀和将来的荣誉漠不关心。眼前的现实需要已把她的全部心思吸引过去了。

这种现实的需要也还真不少，必须付出极大的努力才能维持这个家庭的生活。财产是没有了，但它的沉重负担却遗留下来了，除了给这个家庭造成伤害以外，没有任何解决的办法。这个家庭的庇护所已经土崩瓦解，但是那些受庇护者却不给他们任何喘息的机会。瓦巴尼恰兰也不是那种人，会因为自己生活困难就随便把别人赶走。

这样，维持这个身负重压的破落家庭的全部责任都压在了拉什摩妮肩上，她从任何人那里都得不到什么帮助。因为在家境好的时候，这些受庇护者都舒舒服服地过着懒散的生活。在乔杜里家族的大树下，阴凉自然而然地洒向他们温暖的床铺，而成熟的果实也自然而然地落入他们的口中——所以，为了生活，他们什么都不用操劳。今天，如果让他们去干一件事，他们就会像受到了极大侮辱似的。如果在厨房受了烟熏，他们就会感到头疼。稍微让他们多走几步路，他们就会叫嚷得了风湿病，用了贵重的油膏也不见好。此外，瓦巴尼恰兰说过这样的话，如果让这些受庇护者干活，岂不是把他们当做仆人来使用了。这样，庇护的价值不就名存实亡了吗——在乔杜里家族里可没有这种规矩。

这样，所有的家务负担都落到了拉什摩妮一个人头上。她

大作家讲的小故事

夜以继日地操劳着，绞尽脑汁地、默默地克服着贫穷带来的各种困难。与贫困的抗争和与命运的搏斗能够使人变得坚强——在这个过程中，她的女人魅力已荡然无存。她为那些受庇护者拼死拼活地干，却得不到他们的谅解。拉什摩妮不仅要在厨房里为他们做饭，而且外出采购也是她的事儿。而那些整天饱食终日、每天睡午觉的受庇护者却天天抱怨饭不可口，为此还指责为他们做饭的人。不仅仅是干家务活，拉什摩妮还得管理家里那少得可怜的几亩薄田的账目，征收地租。在征收地租等方面，过去从来没有过讨价还价的情况，因为在理财方面，瓦巴尼恰兰与奥比马努①的做法相反，他只知道往外掏钱，对进账方面的知识，他却一窍不通。他从来没有向任何人催过债款。而拉什摩妮在自己应得的债款方面却一分钱也不少要。所以，佃农们都谴责她，连收租人也都为她那斤斤计较的作风感到惴惴不安，而且不放过机会对她那出身于卑微家庭的小家子气严加嘲弄。甚至她的丈夫也时不时地对她的吝啬和生硬态度小声地提出反对意见，认为这将有损于他们显赫家族的名誉。但拉什摩妮对于这些斥责和嘲笑却置若罔闻，照样我行我素，并把一切过错都揽在自己身上。她是穷人家的女儿，对于大户人家的规矩她一点儿都不懂，对此她毫不讳言。为此，她招致了家里家外所有人的不满，但她却不以为然，仍然把纱丽的下摆扎在腰间，雷厉风行地干着她认为应该干的事，谁都不敢对她横加阻拦。

她从来不叫她的丈夫干任何事，她心中有一种隐忧，唯恐瓦巴尼恰兰突然有一天会执掌大权并干预某些事情。她常常对丈夫说："你什么都不用操心，所有这些事儿你都不必过问。"在所

---

① 奥比马努：阿周那的儿子，十六岁时就在具卢之野大战中英勇无比，后来中了敌人圈套，在战争中死去。

有事情上都让丈夫处于一种消极状态，这是她不懈努力的目标。丈夫从出生起就已对这种生活习以为常，妻子并未对此大伤脑筋。由于拉什摩妮婚后多年一直没有孩子，所以，把妻子之爱和母爱同时给予了她那一事无成、纯朴、处处依赖他人的丈夫。她把瓦巴尼看做刚刚长大的男孩子。因此，自从婆婆死后，她就不得不独自承担起一家之主和家庭主妇的工作。为了使丈夫避免受到他侄子和其他人的伤害，她表现得非常坚强，以至于丈夫的亲朋好友都非常惧怕她。把锋芒隐蔽一些，把直白的话说得婉转一些，在与男人们打交道时表现得矜持一些，所有这些女人身上应有的特征在她身上找不到任何踪影。

瓦巴尼恰兰几乎在所有事情上都一向对她百依百顺，而唯独在卡里帕德的问题上，他却难于完全听命于拉什摩妮。

原因在于，拉什摩妮看待儿子的眼光与瓦巴尼完全不一样。在对待丈夫方面，她常常想："这样的人能做什么呢？他又有什么过错呢？谁叫他出生在大户人家呢？——这也是身不由己呀。"所以，她无论如何也不愿意看到，她的丈夫受到任何委屈。尽管生活极其拮据，她还是使出浑身解数尽量满足丈夫所有惯常的需要。对于家里家外其他人的开销，她近乎苛刻，但在对待瓦巴尼恰兰的饮食起居方面，只要可能，她绝不会破坏过去形成的规矩。在日子特别难过时，假如在某件事情上，由于缺钱出了问题，那么，她无论如何也不会让丈夫知道事情的真相。她也许会说："唉，讨厌的狗怎么又把嘴伸到盘子里去了，把食物都给糟蹋掉了。"还会因自己精心设计的疏忽而责骂自己。再不然，她就嗔怪那个倒霉的诺托把新买的衣服弄丢了，狠狠地骂他愚蠢透顶。每当这个时候，瓦巴尼恰兰就会急急忙忙地站到心爱的仆人一边，为他辩护，来平息妻子的愤怒。甚至有时还发生这

大作家讲的小故事

样的事：家庭主妇压根儿就没买什么衣服，瓦巴尼恰兰也从来没亲眼见过那件衣服，但诺托却受到指责，说他把那件虚构的衣服弄丢了。此时，瓦巴尼恰兰会满脸堆笑地承认，诺托曾经为他把那件衣服叠得整整齐齐，他穿过那件衣服，然后呢——而后发生了什么事儿，突然间，他的想象力变得枯竭了——这时候，拉什摩妮自己会马上出来圆场，她会说："你一定是把衣服落在你外边那间会客室里了，那里进进出出，什么人都有，不知道是谁把衣服顺手牵羊偷走了。"

拉什摩妮对待瓦巴尼恰兰就是这种态度，但是她无论如何也不能把对待儿子的态度同丈夫的态度等同起来。他是从她肚子里生出的孩子，他有什么大家族的谱可摆的，他将是一个有能力干实事的人，他将会轻而易举地承认各种艰难困苦并靠自己的劳动养活自己。干这个不行，干那个有失身份，说这些话都根本不可能给他脸上增光。拉什摩妮对卡里帕德的吃穿方面安排得很随意。早饭就让他吃点爆米花和枣酱，冬天就让他披上披肩遮住脑袋和耳朵，抵御严寒。她还亲自把老师叫到自己跟前，对他说："孩子在学习方面不能有丝毫的松懈情绪，让他谨言慎行。"

正是在对待孩子的问题上出现了麻烦。性情温顺的瓦巴尼恰兰不时地表现出不满的情绪。但拉什摩妮却对此视而不见，听而不闻。瓦巴尼在强者面前从来都是甘拜下风的，此次，他依然是无计可施，败下阵来。但他内心深处还是感到愤愤不平。像我们这样家庭的孩子就披着披肩御寒，吃点爆米花和枣酱充饥，这种不协调的现象日复一日地展现在人们面前，这还成何体统。

他还清楚地记得，在他祖父和父亲健在的那些年代里，祭祀的时候，他们都穿上崭新的衣服，高兴得手舞足蹈。在如今的祭祀节里，拉什摩妮只为卡里帕德添置了特别便宜的衣服，这些衣服要是在过去时代，连他们家里的仆人们都会看不上眼的。拉什摩妮曾三番五次地向他的丈夫解释说："无论给卡里帕德什么东西，他都心满意足。他对过去时代的那一套繁文缛节一概不了解——你又何必为此而烦心呢？"可是，瓦巴尼恰兰怎么也不会忘怀，可怜的卡里帕德正是由于不了解自己家族的荣誉，才一起被蒙在鼓里。当卡里帕德得到一件微不足道的礼物，又蹦又跳地跑到父亲身边让他看时，瓦巴尼更加感到心灵受到了伤害。他受不了这些场面，往往是赶紧掉过头去走开。

自从帮瓦巴尼恰兰打完官司之后，巴格拉恰兰家已聚攒了一笔数目可观的财富。但他仍不满足于现状，每年祭祀之前，他都从加尔各答购进各种各样令人眼花缭乱、物美价廉的东西，到乡下去兜售，从中赚钱，那些墨水、洋伞、带有各种图案的信纸、廉价购买来的五颜六色的丝织品、边缘绣着诗句的纱丽，让村里的男女老少兴奋不已。在加尔各答的名门望族家里，如果不放置这些值钱的东西，就不足以维护他们的绅士风度。听到这些，乡下一些雄心勃勃的人，为了去掉自己身上的乡土气，就毫不犹豫地拿出超过自己实际支付能力的钱，去买这些东西。

有一次，巴格拉恰兰拿来一个非常漂亮的女洋娃娃，在这个洋娃娃的某个部位上满发条后，她就会从椅子上站立起来，用力给自己扇扇子。

卡里帕德十分喜欢这个怕热而不停地给自己扇扇子的洋娃娃。他对自己的母亲很了解，所以，他不找她，而是可怜巴巴地向瓦巴尼恰兰提出要求，想买这个洋娃娃。瓦巴尼当即就大方地答应了他的要求，但一听到它的价钱，瓦巴尼的脸马上又沉了下来。

拉什摩妮既管赚钱，又管花钱，所有开销都由她一手经管。瓦巴尼恰兰像一个乞讨者一样来到了他的女神跟前。他先是不着边

大作家讲的小故事

际地扯了许多毫不相干的话题,最后才把自己的心愿说了出来。

拉什摩妮直截了当地说:"你发疯了。"

瓦巴尼恰兰不做声了,并沉思了一会儿,然后突然说道:"你看看,每天你给我做米饭,还外加酥油和奶制的甜食,这又有什么必要呢?"

拉什摩妮说:"怎么没有必要呢?"

瓦巴尼恰兰说:"印度郎中说了,吃这些东西会增加胆汁分泌。"

拉什摩妮摇晃着脑袋,尖刻地说:"你的印度郎中倒什么都知道。"

瓦巴尼恰兰说:"让我说呀,以后晚上别给我做油炸饼了,还是吃米饭为好,吃了油炸饼我老胀肚。"

拉什摩妮说:"到现在,我还没看到,胀肚对你的身体有什么坏处,从出生之日起,你不就是一直吃着油炸饼长大的吗?"

瓦巴尼恰兰为了满足儿子的要求准备做出一切牺牲,但拉什摩妮却寸步不让。尽管酥油价格上涨,但油炸饼的数目一点儿都不见少。按说,中午饭吃了奶制甜食,不喝酸奶,并无大碍,但是,尽管是多余的,这个家庭的老爷们仍然对这两样东西照吃不误。哪怕只有一天,如果瓦巴尼恰兰享受不到这些永恒不变的食物,拉什摩妮就会坐立不安。正因为如此,那个会扇扇子的洋娃娃要想突破瓦巴尼恰兰的酸奶、甜食和油炸饼的缝隙进入这个家,可真是难上加难了。

有一天,瓦巴尼恰兰毫无理由地去了巴格拉恰兰家,在扯了一大堆毫不相干的话题后,他提到了那个洋娃娃。他丝毫不想对巴格拉恰兰隐瞒自己生活拮据的状况,但是,如今,自己因为没有钱,连给儿子买那么一个小小的洋娃娃都做不到。当他暗示这层意思时，他的头像炸裂了一般。后来，他还是强忍住几乎无法消除的踌躇，拿出一条用床单布裹着的名贵的丝绸披肩。他用沙哑的嗓音对巴格拉恰兰说："时运不济，手头上没有更多的钱，所以，我想，把这条丝披肩押在你这儿，让我把那个洋娃娃给卡里帕德拿走吧。"

如果是比丝披肩便宜的东西，巴格拉恰兰或许会毫不迟疑地收下。但他知道，假如收下披肩，他会吃不了兜着走。村子里的乡亲们会异口同声地谴责他，而拉什摩妮的舌头也不会饶人的。瓦巴尼恰兰只得重新包好披肩，非常失望地回了家。

卡里帕德几乎每天都问父亲："爸爸，我的那个洋娃娃怎么样了？"

瓦巴尼恰兰总是微笑着回答："别着急，再等等，第一个祭拜日到了的时候，再说吧。"

对于他来说，每天都要用笑脸哄骗孩子，真够难为他的。

这天离祭拜日还剩下三天时间，瓦巴尼恰兰找了个借口进入内室，他好像想起什么话题，对拉什摩妮说："你看，我这几天注意到，卡里帕德的身体越来越差了。"

拉什摩妮说："这叫什么话，他的身体怎么会变坏呢？我看他身体好好的，什么毛病也没有。"

瓦巴尼恰兰说："你没看到，他整天闷坐着，一句话也不说，好像想着什么事儿。"

拉什摩妮说："如果他能一言不发地消停一会儿，那我就谢天谢地了。他又能想什么呢？他只会想，在哪儿再做出点淘气的事儿来。"

在她那坚固堡垒的任何部位都没有显现出薄弱的环节，子弹擦过堡垒甚至没有留下任何痕迹。瓦巴尼恰兰叹了一口气，抚摸着

大作家讲的小故事

脑袋，从内室走了出来。他独自坐在走廊，狠命地抽起了烟袋。

在离祭拜日还剩下两天的那一日，吃午饭时，他盘子里的酸奶和奶制甜食都原封不动地剩了下来，到了晚上，他只吃了一块甜食，喝了点儿水，连碰都没有碰炸油饼，只说了声："我一点儿食欲也没有。"

这一回，堡垒上显现出了巨大的裂缝。在离祭拜日还剩下一天的时候，拉什摩妮亲自把卡里帕德从睡梦中唤醒，叫着他的小名说："贝图，你都这么大了，怎么还不懂事，随便要这要那。你知道吗？明知那样东西不可能得到，却贪婪地想得到它，那就等于是半偷行为。"

卡里帕德用带着鼻音的腔调说："我什么也不知道，是爸爸说，要把那件东西送给我的。"

拉什摩妮不厌其烦地向卡里帕德解释他父亲说那番话的真实含义。在父亲的话语里既包含着深沉的慈爱，又隐含着巨大的悲痛。她详详细细地讲述，如果买了那件东西，她们贫困的家将遭受怎样的损失，遭受多大的痛苦。在过去，拉什摩妮从来没有这么苦口婆心地对卡里帕德解释过什么事情，她总是简单明了地去说，她认为没有必要把她的命令变成轻声细语。今天，她如此耐着性子，如此详尽地向卡里帕德解释这件事情，确实让他感到惊异。在母亲心灵的某个角落里，蕴藏着深沉的爱。虽然他年龄尚小，但也多少感受到这一点。但是，想把他的心思从洋娃娃的身上挪开是件多么困难的事，相信我们的成年读者也不难理解。因此，卡里帕德马上把脸沉了下来，手里拿着一根木棍在地上乱划起来。

此时，拉什摩妮的脸也沉了下来，用严厉的口吻说："无论你怎么生气，怎么哭闹，不该你得到的，你根本不可能得到。"

说了这些话，她就不再为此浪费时间，快步走出去忙家务活了。

卡里帕德也走了出去。那时，瓦巴尼恰兰正独自坐着抽烟。看到卡里帕德从远处走来，他急忙站起身来准备走开，好像有什么重要的事情去做。卡里帕德匆忙赶到他跟前说："爸爸，我那个洋娃娃——"

今天，瓦巴尼恰兰的脸上没有一丝笑容，他把卡里帕德搂在自己怀里说："孩子，你稍微等一会儿，我先去办点儿事，回来咱们再谈。"说完，他就走出了家门。卡里帕德隐约感觉到，父亲离开时匆匆擦去了眼睛里流出的泪水。

那时，邻居家为欢度节日，正在进行笛子的演练。在清晨中，笛子奏出的悲凉曲调，使秋天初升的太阳也伤心得含泪欲滴。卡里帕德站在家门口，默不作声地往大街上张望。他看到，父亲并没有什么事情去办，这从他那毫无目的的步履中就能看得出来——他是肩负着巨大失望的包袱在行走，他找不到卸掉这个包袱的地方，所有这些都能从他的背影中看得清清楚楚。

卡里帕德走进内室对母亲说："我不再要那个会扇扇子的洋娃娃了。"

母亲正在用刀快速地切削着槟榔。听了儿子的话，她的脸上泛出了红光。母子俩偎依着坐在一起，谁也不知道他们在说什么悄悄话。随即，拉什摩妮放下刀和装满切好的和没有切好的槟榔篮子，直奔巴格拉恰兰家里。

今天，瓦巴尼恰兰很晚才回到家。洗完澡后，他坐下来准备吃饭，从一开始的面部表情就可以猜出，今天的甜食不会有什么好运气，甚至鱼头也全都会让猫享受了。

此时，拉什摩妮走进屋来，把一个用绳子捆着的纸箱子放到了丈夫的面前。她本来想在瓦巴尼恰兰吃完饭去休息时，再把这

大作家讲的小故事

个奥秘揭穿，可是，为了使甜食和鱼头不再遭到丈夫的冷遇，她迫不及待地打开了纸箱，拿出了那个洋娃娃。此时此刻，他们全家都兴奋得不知所措。猫不得不失望地离去。瓦巴尼恰兰对妻子说："今天你做的饭真好吃，已经有好多天没有喝到这么香的鱼汤了，而且酸奶也做得这么好，我简直都不知道说什么好了。"

　　在祭拜日那天，卡里帕德终于如愿以偿，得到了他钟爱的东西。他一整天都欣赏着那个洋娃娃扇扇子的样子，并拿给与自己同龄的伙伴看，招来他们羡慕的目光。若是在其他情况下，整天看着一个洋娃娃扇扇子的单调动作，过不了一天，他就会感到厌烦的。可是，此次，他知道第二天就要把这个洋娃娃还给人家，所以，他一整天都对这个洋娃娃兴致勃勃，爱不释手。拉什摩妮是花了两个卢比从她侄子那儿把这个洋娃娃借来玩一天的。在祭拜日的第二天，卡里帕德长叹了一口气，悻悻地把洋娃娃重新放进纸箱里，送还给了巴格拉恰兰。对这个心爱之物的美好回忆久久地留在了他的记忆中，在他想象的世界中，那个洋娃娃手中的扇子一直在不停地扇动。

　　从那时起，卡里帕德对他的母亲是言听计从，瓦巴尼恰兰每年都能很容易地弄到非常珍贵的礼物，在祭拜日时送给卡里帕德，对此，他自己都感到吃惊。

　　在这个世界上，不付出代价是什么东西都不可能得到的，而这个代价往往是痛苦的。卡里帕德对于母亲的这一谆谆教诲越是理解得深刻，感觉自己越是从骨子里面逐渐成熟起来。现在，在所有事情上，他都成了妈妈的左膀右臂。必须承担起家里的一切负担，绝不给家里增加任何负担，不用别人提醒，这一理念已经深深地溶化在他的血液里。

　　为了挑起生活的重担，从小就得打好基础，想到这些，卡里帕德开始发奋读书。当他以优异成绩获得了进一步深造的奖学金时，瓦巴尼恰兰觉得，不用再继续求学了，还是让卡里帕德专心照看自家的财产吧。

卡里帕德对妈妈说："如果我不去加尔各答进一步深造，我怎么能成为一个有用的人呢？"

妈妈说："孩子，你说得对，必须得去加尔各答上学。"

卡里帕德说："为了我上学，家里不用再花什么钱，有这些奖学金就够用了，在城里我还可以找点儿事做。"

在这件事情上说服瓦巴尼恰兰，还真费了一番周折。实际上，瓦巴尼家并没有什么财产需要照看。但是如果这样说的话，瓦巴尼心里一定会伤心，所以拉什摩妮避开这个话题，对他说："必须把卡里帕德培养成有用的人才。"可是按着瓦巴尼的观点，沙尼亚里的乔杜里家族的人祖祖辈辈都没有离开过自己的家园，还不都长大成人了，他把异国他乡视为阴曹地府。他怎么也想不通，会有人提出把卡里帕德这样的小孩子独自送往加尔各答去上学的古怪建议。最后，连村子里最德高望重的巴格拉恰兰也赞成了拉什摩妮的意见。他说："卡里帕德将来会成为律师，揭露那个盗窃遗书的骗局，这都是命中注定的，所以，没有人能够阻挡他去加尔各答继续深造。"

听了这一番话，瓦巴尼恰兰感到十分欣慰。他从布包里取出全部的旧文书与卡里帕德一遍又一遍地念叨着那一桩遗书被窃的旧案。这一段，卡里帕德从妈妈的教诲中受益匪浅，但是从爸爸的絮叨中，他却得不到什么受鼓舞的力量，因为，他对家里这桩陈年老账缺乏足够的热情。可是，他对爸爸的话还是随声附和。就像英雄罗摩为了拯救悉多而远征楞迦一样，瓦巴尼恰兰也把卡里帕德去加尔各答求学当做了一件大事，他认为，这绝不仅仅是一件

大作家讲的小故事

微不足道的通过考试的事情，而是一件把财神请回家门的事情。

在出发去加尔各答的前一天，拉什摩妮在卡里帕德的脖子上挂上了一个护身符，并把五十卢比塞到他的手里对他说："拿着这些钱，在危难时刻，会用得着的。"卡里帕德心里明白，这些钱是家里省吃俭用才积攒下来的，他把它们视为神圣的护身法宝。他暗暗发誓，他将把这些钱作为妈妈的殷切祝福，永远好好保存，什么时候他也不会去花这些钱。

三

如今，瓦巴尼恰兰已经不再把遗书被窃的事挂在嘴边了，他现在的唯一话题就是卡里帕德。为了讲述他的事情，他常常跑遍全村，只要收到卡里帕德的来信，他就会戴上眼镜读个没完没了。由于这个村子里没有任何人曾经去过加尔各答，所以一提到加尔各答，他会倍感自豪，并且会心潮澎湃。我们的卡里帕德在加尔各答念书，那里发生的一切事情没有他不知道的。甚至连在胡格利附近的恒河上正在修建第二座大桥这样大的新闻也成了他家里议论的话题。"我说老兄，你听说了吗？在恒河上又在建另一座大桥呢，我今天才收到卡里帕德的信，这都是他在信里告诉我的。"说着，他会把眼镜拿下来，把它仔仔细细地擦干净，再把卡里帕德的信慢慢吞吞地从头到尾给邻居们念上一遍。"老兄，看见了吧，时代究竟怎么变化，谁也说不准。到最后，连沾满灰尘的狗和狐狸也能轻而易举地跨过恒河，就如同在迦梨时代发生过的一样。"恒河的圣名遭此摧残，实在是件可悲的事情，可是，卡里帕德把迦梨时代的这样一件巨大的胜利喜讯写信告诉他，而正是由于托了他的福，村子里的那些十分愚钝的人才获知这一喜讯，在喜悦当中，他不知不觉把现实生活中对无穷无尽苦难的担忧也抛置脑后了。他逢人便摇着脑袋叹息道:"我跟你们说,恒河不会存在多少天了。"他还在心里默默地希望着,在恒河真销声匿迹的时候,他一定会在卡里帕德的来信中最先获得这一消息。

在加尔各答,卡里帕德住在别人家里艰难度日,他靠给别的小孩上辅导课、晚上给别人记账获得维持学习和生活的费用。他好不容易才通过了入学考试,又拿到了奖学金。为了庆祝这一振奋人心的喜事,瓦巴尼恰兰积极准备举行盛大宴会款待全村的父老乡亲。他心想,小船已经快驶达彼岸了,因此,他应该勇气倍增,从现在起就可以敞开胸怀大胆地花钱了。但是在这件事情上,他没有从拉什摩妮那里得到丝毫鼓励,只好作罢。

现在,卡里帕德在他就读的学院附近找到了一间宿舍,宿舍的主人同意把宿舍一楼一间闲置的房子让他住。卡里帕德在主人家里给他的孩子辅导功课,可以免费吃两顿饭,并住在那间又潮湿又黑暗的房子里。住那间房子的唯一好处就是只有卡里帕德一人独居。因此,虽然房间里通风不好,但看书学习一点都不受影响。再说,不管方便不方便,在这方面卡里帕德并没有多少选择的余地。

在这个宿舍里,还住着其他一些学生,特别是在二楼住着一些有钱人家的孩子,卡里帕德基本上不和他们接触。尽管如此,他还是难以避免受到他们的伤害。二楼房间里发出的雷鸣般的声响,让住在楼下的人难以忍受,没过多久,卡里帕德就深深领受了。

在此,有必要介绍一下住在二层的那个称王称霸的人,他叫绍伊兰德拉。他是大户人家的孩子,在学院读书,他本来完全没有必要住宿舍,但他自己偏偏喜欢住宿舍。

大作家讲的小故事

家里本来打算在加尔各答租一间大一点儿的房子让绍伊兰德拉和这个大家族的其他男女家属们合住在一起，但他死活不同意那么做。

他的理由是，与家里人住在一起，他的学习将大受影响。当然，真实原因并非如此。绍伊兰德拉特别喜欢交际，与亲眷们住在一起的不便就在于无法摆脱各种复杂关系，还得为他们承担这样那样的责任，对某某人应该怎样对待，如果对某某人不那样做，又会受到指责。所以，对于绍伊兰德拉来说，最方便的地方就是宿舍，那里虽然人很多，但他对他们任何人都不承担责任，他们来来往往聚在一起聊天、嬉戏。他们像河水一样，只是轻轻流过，在任何地方都不会留下丝毫痕迹。

绍伊兰德拉的想法是，有好心眼的人就是好人。人们都知道，这个想法的莫大好处就在于，要想笼络住一个人，并不需要做什么好人。骄横这个东西与大象、马匹一样，只需要花费一点点的钱，而且不用喂任何吃的，就可以让它膨胀起来。

当然，绍伊兰德拉具有消费的能力和兴趣，所以他不会只花一文钱就让自己的骄横任意去被放牧，他常常用精饲料来喂养它，使它保持完美无缺。

实际上，绍伊兰德拉不缺少慈悲心肠，他喜欢帮助人家排忧解难。但是他的这种喜好有些过分，如果谁有了难事不找他帮忙，他会变本加厉地给人家增加痛苦。他的慈悲如果演变成无情，那么，这种无情的激烈程度将会大大加强。

他常常请同宿舍的人看话剧、吃饭，借给人家钱从不记着让别人还。有一个新婚不久的同学在准备回家过节的时候，在交清了房租后口袋中已所剩无几，他还要给自己的妻子购买她喜欢的香皂、香水和时下流行的外国进口的印花布上衣，但为此他一点儿都不着急上火。因为他对绍伊兰德拉的乐善好施寄予厚望。他对绍伊兰德拉说:"老兄,你可得帮我挑选挑选礼物啊。"他们俩一块儿去商店,他专拣非常便宜的和老式的东西挑。此时,绍伊兰德拉就对他吼道:"哎呀兄弟,你这是怎么选东西呢!"说完就专门挑选起时髦的东西来。店主走上前来说:"这才是真正识货的人。"那个同学一听这些东西的价钱,脸都变了颜色,而绍伊兰德拉却毫不犹豫地慷慨解囊,对那个同学的一再反对也不加理睬。

就这样,无论绍伊兰德拉走到哪里,他都成了周围所有人的靠山。如果有哪个人不接受他的帮助,那么,他绝对不会容忍他的狂妄自大。他助人为乐的精神就是这样强烈。

可怜的卡里帕德住在底层那间潮湿的屋子里,常常坐在一张肮脏的席子上,穿着破汗衫,眼睛盯着书本,摇晃着身子背课文。无论怎么样,他得争取拿到奖学金。

在他出发来加尔各答之前,妈妈就对他千叮咛,万嘱咐,并让他发誓,在和那些大户人家的孩子们接触时,不要和他们同流合污。其实,也不仅仅是妈妈的嘱托,卡里帕德那种窘迫的生活状况,也使得他不可能整天和他们混在一起。他从来没有接触过绍伊兰德拉,虽然他知道,如果他能得到绍伊兰德拉的欢心,他每天遇到的许多困难都能在顷刻间迎刃而解,但是即使遇到再大的难事,他也从来不向绍伊兰德拉求助,他把自己的拮据深埋心底,在寂静的黑暗中生活着。

身为一个穷光蛋,还拒人以千里之外,对此种傲慢,绍伊兰德拉忍无可忍。此外,在衣食住行各个方面,卡里帕德的穷困潦倒暴露无遗,让别人看了都觉得难堪。在从一楼往二楼走的楼梯上看到他身穿的破衣烂衫,在他的房间看到他使用的破被子、旧

大作家讲的小故事

蚊帐，人们就会有一种负罪感。再加上，他脖子上挂着的护身符和每晚一成不变的祈祷活动，所有这些怪异的乡巴佬举动让住在二楼的人觉得十分可笑。为了揭开这个默不作声、与世无争的人身上的神秘面纱，与绍伊兰德拉一伙的几个人几天来故意到他的屋子里来坐坐。但是他们没能让这个守口如瓶的人张口。在他的房间里长时间停留，极不舒服，更谈不上卫生，他们都只好扫兴地离去。

他们心里想，如果让这个倒霉蛋参加他们举办的羊肉聚餐会，他一定不会拒绝，于是他们向他发出了书面邀请。卡里帕德对他们说，他受不了那种大吃大喝的做派，他也没有那样的习惯。他的这种拒绝态度使绍伊兰德拉和他的同伙非常气愤。

他们连续好几天在卡里帕德楼上的房子里故意弄出很大的响声并大声唱歌，高声放音乐，使他没法再安心读书。白天，他尽量在圆形的池塘边坐在树荫下埋头读书，每天凌晨，他摸着黑早起，点一盏油灯专心学习。

由于在加尔各答吃、住都极不方便，再加上学习的过重负担，卡里帕德染上了头疼的毛病，有的时候头疼起来，他会三四天卧床不起。他心里清楚地知道，他的父亲如果知道他患病的情况，绝不会让他自己这样待在加尔各答，他甚至会迫不及待地到加尔各答来看他。瓦巴尼恰兰觉得，卡里帕德在加尔各答过着舒舒服服的日子，是乡下人连做梦都想象不到的。他认为，就像在乡下树木花草会随风生长一样，在加尔各答的空气中，各种各样舒服的东西也会自然而然地产生出来，所有人都可以充分地享受这些果实。卡里帕德无论如何也不想指出他的这种错误想法。就是在生病十分难受的情况下，他也坚持每天给父亲写信。在这种窘迫的日子里，当绍伊兰德拉一伙对他搞恶作剧的时候，他更感到痛苦万分。他翻过来掉过去不能入睡，在空空荡荡的屋子里呼唤着妈妈，念叨着爸爸。他越是在贫困带来的屈辱和痛苦中受煎熬，越是坚定了自己把父母从这种贫困状态中解放出来的决心。

卡里帕德处处小心谨慎，试图使自己远离人们的视线，但结果仍然是麻烦不断。有时候他会发现，他从地摊上买的又旧又便宜的皮鞋中的一只被人换成了相当时髦的英国皮鞋。穿着这样不相称的皮鞋他无法去学校上课。但他不提出任何申诉，只是把别人的鞋放到门口，并从修鞋匠那里买一双十分廉价的旧鞋凑合着穿在脚上。一天，住在楼上的一个男孩突然来到卡里帕德的房间里问道："是不是你从我房间里拿走了一包烟？我怎么哪里都找不着哇？"卡里帕德生气地说："我根本就没去过你的房间。""那怎么在你这里呀？"说完，那个男孩从房间的一个角落里拿起一盒十分名贵的烟，什么话都没说就上了楼。

卡里帕德心里暗下决心："在FA考试中，假如我能拿到奖学金，我一定离开这个宿舍。"

这个宿舍的男生们每年都聚在一起热热闹闹地祭拜知识女神。举办这个活动所需经费的主要部分由绍伊兰德拉承担，其余部分来自所有男生的捐款。去年，出于对卡里帕德的鄙视，谁都没去他那儿募捐。今年，仅仅是为了气气他，有人把募捐的本子递到了他跟前。卡里帕德从这伙人那里从来没有得到过一丁点儿的帮助，他也从来没有参加过他们组织的任何联欢活动。但当他们来到卡里帕德身边要求募捐时，不知出自什么考虑，他却捐出了五个卢比。绍伊兰德拉从他那一帮同伙任何人手里还从来没有得到过五个卢比呢。

由于卡里帕德的贫困，所有人都非常瞧不起他，但此次他居然捐了五个卢比，这让他们觉得难以容忍。他的境况如何，我们

大作家讲的小故事

又不是不知道,他这样张狂,究竟是为什么?看来,他是要嘲弄大家。

祭拜知识女神的活动举办得很热闹。卡里帕德为此捐了五个卢比,即使他不捐这些钱,这次活动也丝毫不会受影响。可由于捐了钱,卡里帕德的生活却大受影响。他不得不到别人家蹭饭吃,常常是吃了上顿没下顿。此外,食堂的服务员成了他命运的主宰,不管饭菜好坏、多少,他都不敢有半点儿不满,只要有一口吃的,他就心满意足了。他钱袋里的钞票就像干树叶子一样,随着被祭拜的女神的消失,也无影无踪。

卡里帕德的头痛越来越厉害,此次考试虽然也通过了,但却没有获得奖学金。因此,他缩短了学习的时间,勉强凑足了学费,尽管那里十分吵闹,他还是没有放弃那免费的宿舍。

住在楼上的那些人本来希望,过了这个假期,卡里帕德肯定不会再来这个宿舍住了。可是,一开学,楼下那间房子的锁被打开了。卡里帕德下身穿一条长裤,上身穿着他那件从来不换的租来的中国外套走进了小屋。他放下用一块脏布包起来的行李和铁皮箱子,盘腿坐在小屋门口,磨破了嘴皮子,才让宿舍管理人免了他的房租。在那个布包里装满了他妈妈用芒果、枣子等水果精心制作的各种各样好吃的东西。卡里帕德知道,在他不在宿舍的这段时间里,楼上那些充满好奇心的人一定常常光顾他的小屋。他倒没有更多可担心的,只是怕那些代表他父母慈爱之心的东西落入那群捣蛋鬼手里。他母亲亲手给他做的好吃的东西,对他来说是珍贵的,是乡下贫穷家庭里喜爱的宝物。盛这些食品的器具都是极其普通的带盖儿的罐子,罐子上没有任何城里惯用的豪华装饰。它既不是玻璃制品,又不是瓷器。但如果有城里人敢于看不起他的这个罐子,他会感到难于容忍。过去,他把这些特殊的物件用旧报纸等包好藏在床底下，这次，他采取人走锁门的办法，即使外出五分钟，他也要把门锁好。

这一做法让所有人感到别扭。绍伊兰德拉说："究竟有多少宝贝呀，能让小偷垂涎欲滴，这么一间屋子还动不动上锁，我看简直成了第二孟加拉银行了，看来他对我们谁都不相信，唯恐我们经受不住他那件带有花纹的中国外套的诱惑呢。我的天神呀，如果不给他买一件新的像样的外套，无论如何也不行了。眼看他成天穿着那件唯一的外套，我真是烦透了。"

绍伊兰德拉从来没有进过卡里帕德那间墙皮脱落、脏兮兮、黑乎乎的小屋。每次他顺着楼梯上楼，从外面向这间小屋张望时，他都会浑身发紧。特别是在晚上，当他看到卡里帕德光着膀子，点着昏暗的油灯在这间门窗紧闭、空气污浊的屋子里专心致志地读书时，他的心灵都会感到震颤。绍伊兰德拉对他的同伙说："这一次，卡里帕德究竟是怎样得到了七个国王的财富，你们给我好好查一查。"

所有人都对这件事产生了浓厚的兴趣。

卡里帕德屋子里的锁是极其便宜的一把锁，非常容易开，几乎所有的钥匙都能开这把锁。有一天晚上，当卡里帕德外出去做家教时，趁这个机会，两三个十分无聊的男孩嘻嘻哈哈地打开他房间的锁，手里提着灯笼进了屋。他们在床底下发现了盛着芒果干等食品的罐子，但他们肯定不认为，这些东西是所谓的非常值钱的秘密东西。

他们继续寻找，又从枕头底下找到了一把带环的钥匙，他们用这把钥匙打开了卡里帕德的铁皮箱子，发现里面装着脏衣服、书本、剪刀、笔等东西。打开手绢，里面有个破布包，再打开布包，剥开里三层、外三层的纸，才露出了一张五十卢比的纸币。

大作家讲的小故事

  看到这张纸币，谁都忍不住笑出了声。所有人都断定，卡里帕德就是为了这张纸币才动不动就锁门，而且，不相信世界上的任何人。希望讨好绍伊兰德拉的这帮人看到他的吝啬和多疑不禁感到惊讶。

  正在这个时候，突然听到大街上传来很像是卡里帕德的咳嗽声。他们马上把箱子盖盖好，手里拿着那张纸币上楼了，其中一个人匆忙地把门也锁上了。

  绍伊兰德拉看到这张纸币也大笑起来，五十卢比对他来说不算什么，但是，在卡里帕德的箱子里竟然藏着这么多钱，这从他的行为举止上面，谁也猜不出来，他也正是为了这些钱才这么小心翼翼。所有人都决定，好好看看在丢钱以后，这个怪人会干出什么事来。

  晚上九点以后，卡里帕德完成家教拖着疲惫的身体回到宿舍，他没有注意到屋子里有什么异样。特别是，他头疼得像炸了一样，他明白，这次头痛会持续好几天。

  第二天，他为了找衣服，从床底下拽出了铁皮箱子，发现箱子没有上锁。虽然卡里帕德一般都非常小心谨慎，但他又一想，或许他忘记锁箱子了，因为如果有小偷进屋，那么，房门不可能是锁着的。

  打开箱子后，他发现，他的衣服被翻得乱七八糟，顿时，他的呼吸似乎停顿了。他赶紧把所有的东西拿出来，发现他妈妈给他的那张纸币不见了，只剩下包钱的纸和布。卡里帕德一遍又一遍地使劲抖搂所有的衣服，仍然没有发现纸币。此时，住在楼上的几个人顺着楼梯走下来，往他的小屋里使劲张望，然后上去，再走下来。楼上的那帮人个个乐得合不上嘴。

  当他再也没有任何希望找到纸币，而且他头疼得已经没有力气再翻弄那些东西的时候，他就好像一具死尸一样倒在床上。这是一张凝聚着妈妈多少痛苦的纸币——经过多少岁月的磨难，一天一天，一点一滴，才积攒下这些钱。相当长一段时间，他对妈妈的痛苦经历一无所知，那时，他只知道加重妈妈的负担。直到有一天，妈妈让他和自己一起分担每天伴随着他们的痛苦时，他才感到那是他有生以来最值得骄傲的事情。卡里帕德在自己的生活中获得的最大信念和祝福已全部融入到这张纸币之中。那个饱含妈妈深沉慈爱、承载无价痛苦的礼物的丢失，他认为是一个不祥之兆。今天，他房间旁边的楼梯上不时传来人们的脚步声，无目的地上上下下的人群走个不停。就像村子里着火后，当一切都化成灰烬时，从其旁边流过的河水却兴致勃勃地继续奔腾向前。

听到从楼上传来的哄笑声，卡里帕德猛然想到，这不是小偷所为。顿时，他明白了，一定是绍伊兰德拉这伙人出于好奇把钱拿走了。如果是小偷偷走了钱，他的反应倒反而不会这么强烈。他认为，这帮纨绔子弟触犯了他妈妈的尊严。卡里帕德在这个宿舍住了那么长时间，还从来没有去过楼上的房间。今天，由于心情激动，再加上头痛难忍，他的脸涨得通红，他穿着那件破汗衫，赤着脚，使劲踏着楼梯上了楼。

今天是星期天，学校放假，在有着木顶篷的走廊上，人们有的坐在椅子上，有的坐在竹席上嬉笑着。卡里帕德冲到他们中间气呼呼地说道：

"给我，把我的钱给我！"

毫无疑问，如果他和颜悦色地说话，或许会有结果，但是看到他气急败坏的样子，绍伊兰德拉立刻火冒三丈。假如他家的看门人在的话，他一定会让人揪着这个野蛮人的耳朵把他赶出去。此时，所有的人都站起来，一起吼道："先生，你在说什么呢？

大作家讲的小故事

什么钱！"

卡里帕德说:"你们从我的箱子里拿走了纸币。"

"你胆子可不小哇,把我们全当成贼了。"

此时,假如卡里帕德的手中拿着什么家伙的话,他会马上与他们厮打起来。看到这种情景,四五个人一起动手抓住了他的手,他像一只被困在笼子里的老虎一样呻吟着。

他没有任何力量来抵抗他们的不公正行为,他手中没有任何证据,所有的人都把他的怀疑视为疯话而不予理睬。这伙人向他射出了死亡之箭,他们由于不能容忍他的狂妄而感到气愤难平。

谁也不知道,卡里帕德是如何度过那个夜晚的。绍伊兰德拉拿出一张一角塔卡的纸币对同伴们说:"去,把钱给那个孟加拉人送去。"

同伴们说:"你疯了,让他的火气先消一消,先让他给我们大伙儿写一份悔过书,然后再考虑下一步怎么办。"

大家都按时躺下并很快进入了梦乡。第二天早晨,他们几乎都把卡里帕德的事情忘得一干二净。有人顺着楼梯下楼时,听到从他的小屋里传来说话的声音。他们心想,他也许找来律师正进行讨教呢。房门是从里面锁着的。从外面把耳朵贴在门上仔细听,他说的话和法律一点儿都不沾边,全都是些互不相关的胡话。

他们上楼把情况告诉了绍伊兰德拉。他赶紧下楼来到了卡里帕德房间的门口。卡里帕德究竟在说什么,听不太清楚,只能听到他不时地在呼喊着"爸爸"。

大家都吓坏了,也许是丢钱后过分伤心,他疯了。他们从外面叫了几声:"卡里帕德先生。"屋里没有任何声响。只能听到他说胡话的声音。绍伊兰德拉又高声呼叫着:"卡里帕德先生,开门吧，你的钱找到了。"门还是没有打开，仍旧只是听到说胡话的声音。

绍伊兰德拉做梦也没有想到，事情会闹到这种地步。嘴上他没有在同伴们面前说任何悔恨的话，但在内心里他却感到十分痛苦。他说："把门砸开吧。"

有人建议说："还是叫警察吧，谁知道，他病了以后突然会干出什么事情来，昨天我们不是已经见识过了吗？我们可没那个胆量。"

绍伊兰德拉说："不，马上去一个人把奥纳迪医生请来。"

奥纳迪医生就住在附近，他贴着门听了一会儿说："听着像是在说胡话。"

把门砸开进屋后发现，床上乱七八糟的，被子也被踢破并且一半已经拖到地上，卡里帕德躺在地板上，已经失去了知觉。他在地上打着滚，手脚不时地乱抓着，嘴里说着胡话。他血红的眼睛圆睁着，满脸涨得通红。

医生坐在他身旁仔细检查后问绍伊兰德拉："他这儿有亲人吗？"

绍伊兰德拉的脸一下子变得煞白，他战战兢兢地问道："您为什么问这个？"

医生神情庄重地说："最好通知他的亲人，情况不大好。"

绍伊兰德拉说："我们跟他交情不深，关于他家里的情况我们一无所知。我会去打听的，可现在我们该怎么办？"

医生说："应该把病人抬到二楼条件比较好的房间里，而且一天二十四小时要对他精心看护。"

绍伊兰德拉把病人弄到自己的房间里。他让同伴们都别挤在他那儿，各自回到自己的房间里。他在卡里帕德的额头上放上冰包并亲手给他扇风。

大作家讲的小故事

　　在前面，我们已经说过，为了避免楼上的那伙人有机会鄙视和取笑自己，卡里帕德一直不肯向他们透露有关自己父母的任何情况。给父母写的信，他都是格外小心地送到邮局去投递，父母给他的来信也都是寄到邮局的地址上，由他签收，为此，每天他都要去邮局看看有没有他的来信。

　　为了找到卡里帕德家里的地址，又不得不再次打开他的箱子。在箱子里发现了两沓信，两沓信都是用带子精心绑好的。一沓是他妈妈的来信，另一沓是他爸爸的信。妈妈的信少些，爸爸的信多。

　　绍伊兰德拉拿着信回到自己的房间，关上门，坐在病人床前开始看信。看到信封上的地址，他立刻惊呆了。他看到下面的署名是：瓦巴尼恰兰·黛布莎尔玛和瓦巴尼恰兰·乔杜里。

　　他放下信愣住了，久久地注视着卡里帕德的脸庞。几天前，有一次，他同伴中的一个人说，他的相貌与卡里帕德的相貌有很多相似之处。听到这些话，他很反感，其他同伴也都不赞同那个人的说法。今天，他才明白，那个同伴的话并非没有一点根据。他知道，他祖父当时是兄弟俩，一个叫筛马恰兰，另一个叫瓦巴尼恰兰。那一段历史，在他家里从来没人提过。所以他根本不知道，瓦巴尼恰兰有个儿子，名字叫卡里帕德。就是眼前这个卡里帕德，他就是自己的叔叔。

　　此时，绍伊兰德拉开始回忆起往事，他的祖母，即筛马恰兰的妻子在世时，一直到弥留之际都饱含深情地念叨着瓦巴尼恰兰的事情。每当提到瓦巴尼恰兰的名字，她都热泪盈眶。尽管瓦巴尼恰兰是她的小叔子，但他的年纪比她的儿子都小，因此，她像对待自己亲生儿子一样呵护着他长大成人。由于财产纠纷，他们分家后，她内心特别渴望知道瓦巴尼恰兰的点滴消息。她不止一

次地对她的儿子说："瓦巴尼恰兰是一个不谙世事的好人，你们一定是欺骗了他。我公公对他宠爱有加，我绝对不会相信，公公会剥夺他的财产。"她的孩子们听了这番话都很生气，绍伊兰德拉记得，为此他也对祖母非常不满。更有甚者，由于祖母替瓦巴尼恰兰说话，绍伊兰德拉也就迁怒于他。如今，瓦巴尼恰兰陷入如此贫困的境地，对此他也一无所知。从卡里帕德的窘况，他便完全了解了他家的情况。此前，他尽管对卡里帕德百般拉拢，他都没有加入他们的行列，对此，他感到十分庆幸。假如卡里帕德突然加入他们那一伙，那么，如今他会羞愧得无地自容。

四

绍伊兰德拉的同伙们长久以来几乎每天都来骚扰和侮辱卡里帕德，他不想让叔叔继续待在他们中间，于是，他遵照医生的建议，小心翼翼地把卡里帕德转移到了一间条件更好的房子里。

瓦巴尼恰兰在接到了绍伊兰德拉的信后，急急忙忙带了一个人赶到加尔各答。出发时，拉什摩妮心神不定地把她含辛茹苦积攒的大多数积蓄塞到丈夫手里说："你看着办吧，别让孩子受委屈。需要的话，就来个信，我会马上去的。"对于乔杜里家里的女主人来说，在匆忙之中自己赶往加尔各答有些不合时宜，以至于她没能在接到消息以后马上前往加尔各答。她向守护神许了愿并请占星师举行仪式为儿子祈求平安。

瓦巴尼恰兰见到卡里帕德的病状吓坏了，当时，卡里帕德的神志还不大清醒，他管自己的父亲叫先生，这使瓦巴尼恰兰的心都快碎了。卡里帕德在说胡话时不时地叫着"爸爸，爸爸"，瓦巴尼恰兰握着他的手，把脸贴在他的脸上高声呼叫着："我的孩子，爸爸这不是来看你来了吗？"但从他脸上的表情来看，他并

大作家讲的小故事

没有认出爸爸。

医生看过病人后说:"烧已经有些退了,或许病情有转机。"瓦巴尼恰兰无论如何也不能想象,卡里帕德的病情不会有好转。特别是,从他孩提时代起,村子里的人都说,卡里帕德长大后一定会做出一番惊天动地的事业来。瓦巴尼恰兰认为,这绝不是乡亲们随便说说的话,这个信念对他来说已是如影相随。卡里帕德一定得活下去,这是命中注定的。

正是由于这个原因,当医生说儿子的病情略有好转时,在瓦巴尼恰兰听起来就是病情大有好转。在他写给拉什摩妮的信中,他也是报喜不报忧。

瓦巴尼恰兰对于绍伊兰德拉的举止感到奇怪,谁能说他不是自己最亲的亲人呢?特别是,从来没有见过,一个在加尔各答受到良好教育、有修养的年轻人对自己是那么毕恭毕敬。他暗想,这也许是加尔各答孩子们的本性。他又想到,这也是天经地义的事情,我们乡下的孩子受的是什么教育,而城里的孩子受的又是什么教育。

卡里帕德的烧又退了一些,慢慢地他的神志也恢复了。发现父亲坐在他床前,吃了一惊。他心想,这回自己在加尔各答的处境,父亲都会看得一清二楚。更让他担忧的是,他的乡下老爸一定会成为这些城里孩子们取笑的对象。他往四周仔细环视了一下,怎么也辨认不出,自己这是在哪间房子里。他心想:"我这是不是在做梦?"

此时此刻,他已经没有力气考虑更多的事情。他寻思,听到他生病的消息,一定是他父亲赶来为他找了一间比较好的房间。父亲是怎么找到这间房的,他又能从哪儿来凑足房租呢?照这样花下去,将来会遭遇何等的厄运,卡里帕德已经没有时间来想这些问题了。现在唯一的问题是他必须活下去，这似乎是他向人间提出的要求。

正当他的父亲外出没在房间时，绍伊兰德拉端着一个果盘进屋来到了他身旁。他不解地盯着绍伊兰德拉的脸，心中默默地想道，他是不是又要嘲笑自己了。当然他更先想到的是，他必须保护好父亲，以免受到他的伤害。

绍伊兰德拉把果盘放到桌子上，俯身对卡里帕德行触脚礼并对他说："我犯大罪了，请饶恕我吧。"

卡里帕德有些忐忑不安，从绍伊兰德拉的脸上他看得出，绍伊兰德拉心里没有半点虚情假意。起初，当卡里帕德刚来到这个集体宿舍时，看到这个年轻人神采奕奕的面庞，他的心多少次被深深地吸引住。但是由于自己穷困潦倒的处境，他从来没有接近过绍伊兰德拉。如果他是一个和绍伊兰德拉一样有身份的人，如果他能像朋友一样与生俱来地有和绍伊兰德拉接近的权利，那么他将会感到多么高兴啊。但是，尽管他们近在咫尺，可他们中间却横着一道不可逾越的障碍。每当绍伊兰德拉顺着楼梯上下的时候，从他身上那件昂贵的披肩发出的香味都会飘进卡里帕德那阴暗的房间里，卡里帕德便会不由自主地放下书本，凝视着这个年轻人那无忧无虑的笑脸。只有在那个时刻，他那间阴暗潮湿的屋子里才能在片刻之间享受一下他美丽家乡的光芒。但尽人皆知，在他看来，绍伊兰德拉那种无情的年轻好胜简直到了无以复加的程度。今天，当绍伊兰德拉端着果盘来到他的床前时，他深深地舒了一口气并再一次凝视着绍伊兰德拉那漂亮的面庞。从他口中并没有说出什么原谅的话，他只是缓缓地拿起水果吃了起来，这一动作已把他想说的话表达得淋漓尽致。

每天，卡里帕德都会惊奇地发现，绍伊兰德拉与他的乡下

大作家讲的小故事

老爸瓦巴尼恰兰的关系日益亲密。绍伊兰德拉管他爸爸叫爷爷，二人之间毫无拘束地开着各种玩笑。他们开玩笑的一个主要目标就是没有在场的奶奶。在这么多年以后，在这种嬉笑的南风的吹拂下，在瓦巴尼恰兰的内心深处，掀起了一阵阵年轻时代记忆的波澜。绍伊兰德拉趁病人不注意，把奶奶亲手烹制的芒果干等好吃的东西都偷出来吃个精光，他还不知害羞地当众承认这件事。知道这件事后，卡里帕德感到很兴奋。如果人们能明白这些食品里蕴藏着的慈爱，那么，他愿意拿这些好吃的东西招待全世界的人。对于卡里帕德来说，今天，他的病床已成了欢乐的场所，在他的一生中，如此幸福的时刻并不多见。他只是在心里默默地想，唉，如果妈妈也能在这里，那该多好哇。他开始想象，假如妈妈在这儿，她会多么喜欢这个充满情趣、英俊的年轻人。

在病人屋里的聚会中，只有讨论到一件事时，欢乐的气氛就常常会被打破。卡里帕德心中对于自己家的窘况倒感到很自负，如果让他为他家曾经有过的巨额财产而盲目炫耀，他会感到羞愧难当。他绝不同意用"但是"来掩盖"我们是穷人"的实际情况。瓦巴尼恰兰也没有常常自豪地提起他们家有钱时的日子。但是，在他年轻的时候，确实有过一段非常美好的时光。当时家族中那些背叛者的丑恶嘴脸还没有暴露。特别是，筛马恰兰的妻子——对他宠爱有加的嫂子拉玛舒恩达里当时是家庭主妇，她站在那位财富女神的宝库门口向他抛洒了无穷无尽的爱。那段幸福往事成为永不磨灭的记忆之光，使得瓦巴尼恰兰的晚年生活也熠熠生辉。但是在谈到这段幸福的往事时，往往会涉及遗书失窃的话题。一提及此事，瓦巴尼恰兰便显得很激动。即使到现在，他也相信，一定会找到这份遗书，信守贞洁的母亲的话永远都不会落空。每当说到此事，卡里帕德都感到惴惴不安。他知道，这仅仅是父亲一种疯癫的举动，他们母子俩从来不与他计较，但他极不愿意父亲的这个毛病在绍伊兰德拉面前暴露出来。他不止一次地和父亲说："不，爸爸，那完全是您瞎猜的。"可这种辩论却适得其反。为了证明他的怀疑并不是没有根据的，他会详详细细地把这个事情讲述一遍。在这种时候，卡里帕德不管用什么方法也不能打断他的讲话。

卡里帕德特别清楚地注意到，这个话题会使绍伊兰德拉十分反感，甚至他有些激动地批驳瓦巴尼恰兰的理由。在其他所有事情上，瓦巴尼恰兰往往愿意接受所有人的意见，但是只有在这件事上，他不向任何人认输。他母亲是个受过教育的人，是她亲手将他父亲的遗书和其他文件装进箱子里并用锁锁好。可是当母亲在他面前打开箱子时，却发现，其他文书完好无缺，而遗书却不翼而飞，这能说不是被偷走了吗？卡里帕德为了能让父亲冷静下来常常劝道："爸爸，这样也不错啊，享受你财产的人不就像你自己的孩子一样吗？他们可都是你的侄子呀！这些财产还是掌握在你父亲后辈的手里，这不是值得庆幸的事吗？"绍伊兰德拉不能容忍谈论这个话题，每当此时，他就离开这个房间上楼去。卡里帕德心里非常难受，他想，绍伊兰德拉或许认为父亲是一个贪恋财物的人。可实际上，在父亲身上连贪恋财物的一点点影子都找不到，假如他能千方百计地让绍伊兰德拉明白这一点，那么，他的心里会舒服许多。

这么多天以来，绍伊兰德拉有多次机会向卡里帕德和瓦巴尼恰兰公开自己的真实身份，但是关于遗书被窃的讨论使他欲言又止。他无论如何也不能相信，自己的父亲和祖父偷走了遗书。可是，对于瓦巴尼恰兰来说，父亲留给他的遗产被剥夺，这是多么大的不公正啊！对于这个事实，绍伊兰德拉想否认也否认不了。

大作家讲的小故事

所以，从现在起，他不再参与关于这个问题的辩论，常常沉默不语，有机会的话，他就赶紧溜之大吉。

现在每到下午，卡里帕德都还有些低烧并引起头疼，但他并没把它看成是什么病。他特别渴望能继续读书。他已经失去了一次获得奖学金的机会，绝不能再有第二次了。他背着绍伊兰德拉又开始看书了。尽管他知道，大夫是严格禁止他看书的，他仍旧我行我素。

卡里帕德对父亲说："爸爸，您回去吧，家里就剩下妈妈一个人，我已经好得差不多了。"

绍伊兰德拉也说："您走了，没关系。我看没有什么值得担心的了，再过两天，他就会完全康复的，这儿有我们大家呢。"

瓦巴尼恰兰说："这些我都知道，我一点儿都不为卡里帕德担心，实际上我根本没有必要到加尔各答来，可孩子啊，我的心怎么能放得下呀。再加上你奶奶一旦做出决定，谁又拗得过她呢？"

绍伊兰德拉笑着说："爷爷，您看，您的过度宠爱，把我奶奶都娇惯到什么程度了。"

瓦巴尼恰兰也笑着答道："我说，孩子，我倒要好好看看，一旦新的孙媳妇进了门，她对你的管制将会有多么严厉。"

瓦巴尼恰兰是一个完全被拉什摩妮伺候惯了的人，加尔各答的种种舒适和便利也远远赶不上拉什摩妮对他的精心照顾。正是由于这个原因，动员他回老家，并没有费太大的周折。

早晨，瓦巴尼恰兰整理好行装后，走进了卡里帕德的房间，发现他的眼睛和脸通红通红的，全身烧得像火炭一样。头天夜里，他熬了前半夜背诵逻辑学，后半夜也没有睡着。

卡里帕德的病原来就没有好利落，此次的病情又来势凶猛，大夫为此特别担忧。他暗中把绍伊兰德拉叫到一边对他说："我觉得，现在情况不大好。"

绍伊兰德拉对瓦巴尼恰兰说："您看，爷爷，您在这儿多不方便啊，病人也得不到细心的照料，所以，我说，别再耽误时间了，还是赶快去信让奶奶来吧。"

不管绍伊兰德拉多么委婉地说了这番话，一种巨大的恐惧感还是笼罩了瓦巴尼恰兰的全身，他的手脚开始不停地颤抖，他说："你们觉得怎么好就怎么做吧。"

马上给拉什摩妮送了信，她带着巴格拉恰兰马不停蹄地赶往加尔各答，到了晚上才抵达加尔各答，她只和卡里帕德一起待了几个小时，他就死了。在说胡话时，他不断地呼叫着妈妈，这种呼喊令她心如刀绞。

瓦巴尼恰兰受到如此沉重的打击可怎么活下去呀！由于顾虑此事，拉什摩妮已经无暇表达自己悲痛的心情。她的儿子如今已经与她的丈夫融于一身，她把集于丈夫一身的两个人的重负压在自己痛苦的心灵上。她的心在说："我受不了了。"可是她却不得不忍受。

五

夜已经很深了，由于过度悲伤和疲劳，拉什摩妮沉沉地睡着了。但是，瓦巴尼恰兰却怎么也睡不着，在床上翻来覆去几个来回之后，他深深地叹了一口气，一边嘴里念叨着"慈悲的毗湿奴神"，一边起了床。在卡里帕德去加尔各答读书之前，当他在村子里的学校里上学时，他常常在一间小屋子里看书。此时，瓦巴尼恰兰用他那颤巍巍的手举着油灯走进了那间空荡荡的小屋。由拉什摩妮亲手纺织的破床单还铺在床上，上面还残留着斑斑点点的墨迹。脏兮兮的墙上还残留着用煤块画的几何图形。在床的一

大作家讲的小故事

　　角散乱地放着卡里帕德自己亲手用废纸装订的几个笔记本和《皇家读本》第三册的散页。唉，苍天啊，卡里帕德小时候穿的一双小鞋还一直放在屋子里的一个角落，这么长时间以来，人们都对它熟视无睹，但是，今天它却比其他任何东西更加引人注目。在当今世界上，没有任何巨大的东西能够掩盖那双不起眼的小鞋。

　　把灯放在壁龛里，瓦巴尼恰兰坐在床上。他干涩的眼中已经没有泪水，他心里有一种难以名状的感觉，每喘一口气，他的肋骨都像散了架一样。他打开房间东面的门，扶着门框向外远眺。

　　外面黑漆漆的，下着小雨。一片茂密的小树掩映着眼前的围墙。就在书房前的空地上，卡里帕德种了一些花木。如今，他亲手栽种的蔓藤缠绕在竹架上，枝叶繁茂，生机勃勃，鲜艳的花朵长满枝头。

　　今天，当瓦巴尼恰兰看到自己孩子精心培育的花园时，他的心都要从口中跳出来了。已经什么希望都没有了。暑假，或是祭祀节，学校都要放假，可是对于卡里帕德来说，他的家一贫如洗，无论什么假期，他永远都不会再回家了。"唉，我的孩子。"嘴里念叨着，瓦巴尼恰兰坐到了地上。卡里帕德正是为了改变父亲的贫困状况才去加尔各答求学的，可他却使自己年迈的父亲变得一无所有，而自己离开了这个世界。外面的雨下得更大了。

　　此时，在漆黑的夜色中，从草丛里传来了脚步声，瓦巴尼恰兰的心开始剧烈地跳动起来。有些事根本就毫无指望，但他还是陷入遐想中。他似乎觉得，卡里帕德又来照看他的花园了。雨下得越来越大，卡里帕德会不会淋湿啊？正当他心中为了这不可能的担忧焦躁不安时，不知是谁来到了他门前并且站了一会儿。这个人的头用披肩裹着，根本就看不清他的脸，但他头的轮廓与卡里帕德一模一样。"孩子，你来了。"说着，瓦巴尼恰兰急忙站起来去开门，开了门，他来到房间前面的花园里。那里空无一人。他冒着雨在花园里转了一圈，没有发现任何人。站在那万籁俱寂的夜色中，他用沙哑的嗓子呼喊着卡里帕德的名字，可是听不到一点儿回音。听到他的叫声，佣人诺托从牛棚里走出来，好说歹说才把老人家劝回屋里。

　　第二天早晨，诺托扫地时发现，屋子靠门口的地方放着一件用布包包着的什么东西，他急忙把它交到瓦巴尼恰兰手里。瓦巴尼恰兰打开布包发现，像是一个陈旧的文件。他戴上老花镜刚看了一会儿便急匆匆地跑到拉什摩妮的面前，把文件递给了她。

　　拉什摩妮问道："这是什么呀？"

　　瓦巴尼恰兰笑道："就是那份遗书。"

　　拉什摩妮说："这是谁给的？"

　　瓦巴尼恰兰说："昨天晚上，他来了，是他给的。"

　　拉什摩妮问道："那怎么办呢？"

　　瓦巴尼恰兰说："现在我拿它还能有什么用啊？"

　　说完，他把那份遗书撕得粉碎。

　　当这个消息传遍全村时，巴格拉恰兰摇着脑袋自豪地说："我不是早就说过了吗？卡里帕德一定会找到遗书的。"

　　杂货店店主拉姆恰兰说："我说，大哥，昨天晚上十点钟的火车进站后，有一位英俊的先生来到我的店里打听去乔杜里家的路，我给他指了路，他的手里好像拿着一件什么东西。"

　　"你这是说的什么呀？"巴格拉恰兰对他的话根本不屑一顾。

1911年9—10月

大作家讲的小故事

赏析与品读

《拉什摩妮的儿子》在泰戈尔的小说中，应该算是难得的中篇小说。他尽可能在有限的篇幅里，将一个家族的兴衰史融入一个少年的成长历程中，这样的写作技巧，在中篇小说中并不常见。

在小说主人公——拉什摩妮的儿子卡里帕德出场前，泰戈尔花了三分之一的篇幅讲述了瓦巴尼恰兰家族的发展史，在一连串人名的穿梭中，父亲瓦巴尼恰兰偏执的性格被形象地勾勒出来，同时也注定了拉什摩妮和卡里帕德命运的曲折。

特别的是，《拉什摩妮的儿子》的主要人物一反传统光芒四射的形象，而是写了一个沉默的人，沉默地面对自己的命运，沉默地通过努力去改变自己的命运，即使面对的是不公，他也用沉默代替着不屈服。卡里帕德这一人物的描写，体现了泰戈尔平和的处事态度，同时也让我们看到了印度文化中非暴力合作的传统基因。

素　芭

董友忱 译

● 带着问题读一读，你会收获更多 ●

1. 文章多处描写素芭的眼睛和目光，这样做的用意是什么？对塑造人物的性格有什么作用？
2. "新娘的父母焦虑不安地忙活起来，仿佛是天神亲自降临人间，为自己挑选祭畜来了。"这句比喻有什么含义？隐含着作者怎样的情感？

大作家讲的小故事

一

当给这个女孩子取名叫素芭细妮的时候，谁会料到她会是一个哑巴呢？她的两个姐姐名叫素岂细妮和素哈细妮。为了使她们的名字相似，父亲就给她取名叫素芭细妮。现在大家都简称她素芭。

根据惯例，她的两个姐姐经过相看和陪送礼钱才嫁出去。现在，这个最小的女儿犹如一块沉默的重石，压在她父母的心上。

大家都以为不会说话的人，也就不会有感觉。因此，他们就经常当着她的面表示对她前途的忧虑。她从小就知道，由于神仙的诅咒她才降生在父母家里。因此，她总是企图避开人们的目光，独自待在一边。她常常在想："如果大家把我忘掉，那该多好哇！"但是谁能忘掉痛苦呢？她的父母日夜为她忧虑。

特别是她的母亲，总是把她看成是自己身上的一种残疾。因为在母亲看来，女儿与儿子相比就更加属于自己身体的一部分——她认为女儿的某种缺陷是自己羞耻的根源。素芭的父亲爱她似乎胜过爱其他的两个女儿；她的母亲却把她看成是自己身上的一个污点，对她十分讨厌。

素芭虽然不会说话，但她却有一双缀着长长睫毛的黑黑的大眼睛；她那两片嘴唇在表达某种感情的时候，宛如两片娇嫩的花瓣，在不停地抖动着。

我们用语言来表达思想感情，需要付出很大的努力才能办到，有时候还要经过翻译过程；就是这样，也不是所有的时候都能准确地表达；如果缺乏表达能力，还常常发生错误。但是她那双黑黑的大眼睛，根本不需要翻译就能把自己的思想感情表现出来。这双眼睛在表达思想感情的时候，时而睁得大大的，时而闭得严严的，时而炯炯有神，时而悲楚暗淡；有时就像西垂的月亮一样，凝视着前方；有时又像急速的闪电，在四周闪亮。哑巴自有生以来除了面部的表情就再也没有别的语汇，但是他们眼睛的语汇却是无限丰富，无比深沉——就像清澈的天空一样，成为黎明与黄昏、光明与阴影的宁静的游戏场所。这位失去话语的哑女就像大自然一样，具有一种孤僻的庄严性格。一般的孩子，对她都怀有一种恐惧心理，所以都不和她在一起玩耍。她就像寂寞的中午一样，显得沉默和孤独。

二

这个村子名叫琼迪布尔。村里的一条河，是孟加拉邦的一条小河，犹如中产阶级家庭的女儿一样；它流程不长；这条优美苗条的小河，为保护自己的河岸而勤奋地工作着；它仿佛与两岸村庄里的所有人都建立了亲密的关系。在河的两边是人们的房舍和绿树成荫的高大河堤。这条小河——村中的拉克什米①——迈着急促的脚步走过低地，怀着欢快的心情忘我地做着无数的善事。

巴尼康托的房舍紧靠着河岸。过往船夫可以看到这家的竹篱笆、八顶草棚、牛栏、仓房、草垛、合欢树和长满芒果树、木棉树、香蕉树的果园。我不知道在这些家产中间是否有人注意到了这个哑女，不过她的活一做完，她就来到这河边。

大自然仿佛是要为她弥补不会说话的缺陷，仿佛是在为她诉说心语。河水淙淙，人声喧腾，渔民哼着小曲，百鸟在啼鸣，树木发出婆娑声——这一切都与周围的运动融合在一起了，就像大海的波涛一样，冲击着这位少女永远平静的心灵彼岸。自然界里各种各样的声音和形形色色的运动，就是这个有着花瓣式的大眼睛的哑女——素芭的语言，也是她周围世界的语言；从蟋蟀鸣叫的草地到默默无语的星空，只有手势、表情、歌声、哭泣和叹息。

---

① 拉克什米，印度古代神话传说中的幸福女神，毗湿奴的妻子，以美貌著称。

大作家讲的小故事

中午，船夫和渔民们都去吃饭，家里的人正在午睡，鸟儿不再啼叫，渡口上船已停运；人类世界仿佛突然间停止了一切活动，变成一座可怕而孤独的雕像。这时候，在炎热而广阔的天宇之下，只有一个默默无声的大自然和一个默默无声的哑女，在面对面地静坐着——一个置身于火热的阳光下，而另一个则坐在一棵小树的阴影里。

素芭也并不是没有知心朋友的。牛栏里的两头母牛——绍尔波西和班古利，就是她的好友。它们从来没有听到过这个姑娘呼叫它们的名字，但是它们却熟悉她的脚步声——这是她的一种无言的亲切的声音。通过这声音。它们比通过语言更容易了解她的心。素芭什么时候爱抚它们，斥责它们，哄劝它们，对这一切它们比人还了解得深切。

素芭一走进牛栏，就用双手搂着绍尔波西的脖子，把自己的面颊紧紧地贴在它的耳朵上偎擦，而班古利就一边用温柔的目光望着她，一边舔她的身子。这个女孩每天照例三次来到牛栏里，此外她还不定时地前来拜访；每当她在家里听到某些刻薄的话语，她就立即来到她那两个哑巴朋友身边——而它们从她那富有忍耐性的沉郁的目光中，凭着一种朦胧的洞察力，仿佛已经体察到姑娘的内心痛苦；它们走近素芭的身边，用犄角轻轻地抚弄她的手臂，企图以无言的同情来安慰她。

除了两头母牛，还有一只山羊和一只小猫，虽然素芭对它们的友谊并不都是一样的，可是它们对素芭倒表现出相当的亲热。那只小猫不论白天还是黑夜，一有机会就不知羞愧地趴在素芭温暖的怀里，甜蜜地打着瞌睡。每当素芭用温柔的手指抚摸它的脖颈和后背的时候，它就特别容易进入梦乡，因此它一再向素芭表示，希望她那样做。

三

  在高级动物中间，素芭还结识了一个朋友，但是很难断定，姑娘和他的友情究竟有多深，因为他是一个会说话的动物；所以，在他们俩之间就没有共同的语言。

  贡赛家里的小少爷，名叫普罗达普。这个人非常懒惰。他的父母经过多次努力之后，已经不再指望他能为改善家庭境况而做点什么事情。懒惰的人倒也有一个好处：虽然亲人们厌弃他，可他却成了那些与他无亲无故的人们所喜爱的对象，因为他既然不做任何事情，也就成为公共财产了。这就像在城里，要有一个半个不属于任何人家的公共花园一样，那么在乡下，也特别需要有几个不做事的公共闲人。什么地方由于工作、娱乐缺少人手，他们就可以到那里去帮忙。

  普罗达普的主要爱好是执竿垂钓。钓鱼消磨了他不少的时光。每天下午，几乎都可以看到他在河边从事这项工作。因此，他与素芭差不多经常见面。不论做什么事情，只要能有一个伙伴，普罗达普就很高兴。钓鱼的时候，能有一个不会说话的伙伴，那是最好不过了，因此，普罗达普对素芭很尊敬。大家都叫她素芭，而普罗达普却亲昵地叫她"素"。

  素芭坐在一棵合欢树下，普罗达普坐在离她不太远的地方，执着钓竿，望着水面。普罗达普带来了一些蒟酱叶，素芭就亲自为他调弄好。我感到，她这样长时间坐在那里望着，是想对普罗达普有所帮助，为他做点什么事情，她用各种方法向他表示：她在这个世界上也并不是一个毫无用处的人。但是，这里真的没有事情可做。这时候，她就默默祈求神仙赋予她一种非凡的能力——她希望一念咒语，就会突然创造出这样一种奇迹来，使普罗达普看见就会惊异地说："哎呀！我真没有想到，我们的素有

大作家讲的小故事

这样大的本事！"

　　请你们想想看！假如素芭是水神公主，她就会慢慢地游出水面，把蛇王头上的一块宝石送到岸边。那时候，普罗达普就会放弃他那项下贱的钓鱼职业，带着那块宝石潜入水底，而且会在那里看到，是谁坐在那银光闪闪的水晶宫里的金色宝座上。那是巴尼康托家里的哑女——我们的素，她就是这个珠光闪烁的静谧的王宫中的唯一的公主。难道这不可能吗？这是完全可能的！其实，并没有什么不可能的事。不过，素芭不是生在无臣民的水下王族之家，而是生在巴尼康托的家里，而且她也没有办法使贡赛家里的少爷——普罗达普感到惊讶。

四

　　素芭的年龄渐渐大了。她仿佛渐渐地感触到了自己的一种新的无法形容的意识力，仿佛是在月圆之日从大海涌来的一股潮水，在填补着她心灵的空虚。她望着自己，想着自己，询问着自己，但是她却得不到答案。

　　在一个深沉的月圆之夜，她打开卧室的门，胆怯地探头向外窥视。月圆时节的大自然就像素芭一样，正在俯视着孤独酣睡的大地——她那充满青春的欢乐、激情、忧伤的无限孤寂的生活，完全达到了最后的极限，甚至大大地超过了它，可是她却一句话也说不出来。一个沉默、忧伤的少女，就这样伫立在沉默、忧伤的大自然身边。

　　在这方面，肩负着女儿重担的父母，心里是焦虑不安的。人们开始谴责他们，甚至传说要把他们从村里赶出去。巴尼康托的家庭比较富裕，每日两餐有鱼有米，因此他的仇人也不少。

　　夫妻俩经过详细商量之后，巴尼康托到外地去了一些日子。

最后他回来了，说道："走吧，到加尔各答去。"

他们开始为到外地去做准备工作。素芭的整个内心犹如被浓雾笼罩的朝霞一样，完全浸沉在泪水里。这些天里，她怀着一种恐惧的心情，就像一头沉默的牲畜一样，紧跟在父母的身后。她睁着一双大大的眼睛，望着他们的脸，企图探听到一点儿消息，但是他们什么都没有对她讲。

有一天下午，普罗达普拿着钓鱼竿，笑着对她说："喂，素！是不是家里给你找了一个女婿，你要出嫁了？你可别把我们给忘了！"说完又去专心钓鱼了。

素芭像一头受伤的小鹿望着猎人那样，注视着普罗达普，仿佛在默默地说："我有什么对不起你的地方呀？"这一天，她没有再坐在树下。巴尼康托睡过午觉，正在卧室里吸烟，素芭坐在父亲的脚下，望着他的脸哭了起来。最后，巴尼康托想安慰女儿几句，可是从他那干瘦的面颊上也流下了眼泪。

他们已经决定，明天到加尔各答去。素芭走进牛栏，向她的童年的朋友告别，亲手为它们加了草料，搂着它们的脖颈，用一双蕴含着话语的眼睛，再一次深情地望着它们——她那一双花瓣似的眼睛扑簌簌地滴着泪水。

这一天，正是月圆的夜晚。素芭走出卧室，来到她从小就熟悉的河边，扑倒在绿茸茸的草地上——仿佛她要用双手抱住大地——这位巨大而沉默的人类母亲，并想对她说："你不要让我走呵！母亲，你也像我拥抱你一样，伸出双手紧紧把我抱住吧！"

一天，在加尔各答的一座住宅里，素芭的母亲在仔细地为她梳妆打扮：把她的头发扎起来，编成发辫，在发辫上扎上彩带，给她戴上首饰——这样就破坏了她的自然美。素芭的两眼在流着泪水。她母亲担心她会把眼睛哭肿，于是就狠狠地责骂她，但眼

大作家讲的小故事

泪是不会顺从责骂的。

新郎和他的朋友一起来相亲了。新娘的父母焦虑不安地忙活起来，仿佛是天神亲自降临人间，为自己挑选祭畜来了。母亲在背后大声训斥女儿，致使素芭的眼泪加倍地流淌。就这样她被带到了来相亲的人面前。

相亲的人看了好一会儿，说道："还不错。"

特别是当他看到姑娘啼哭的时候，就意识到："她一定有一颗温柔的心。她今天在与父母分别的时候这样难过，那么将来对我也会是如此。"姑娘的眼泪只会提高她的身份，这就如同珍珠会提高海蚌价格一样，因此，他再也没有说什么。

查过历书之后，在一个吉日良辰为他们举行了婚礼。素芭的父母把哑女交给别人之后，就回到乡下的家里去了——他们的种姓和来世都有了保障。

新郎在西部地区工作。婚后不久，他就带着妻子到那里去了。

没过多久，大家就知道了，新媳妇是个哑巴。如果谁还不知道的话，那也不是她的过错。她并没有欺骗任何人。她的两只眼睛已经述说了一切，可是并没有人能理解。她望着四周，说不出话来。她看不到懂得哑巴语言的、从小就熟悉她的那些人的面孔。在这个小姑娘永远沉默的心中，发出了一种无休止的不可名状的哭泣，但是除了神仙再也没有谁能听到。

这一次，她丈夫眼耳并用又相了亲，娶来了一个会说话的姑娘。

1893年玛克月

赏析与品读

  鲁迅曾说过："悲剧将人生有价值的东西毁灭给人看。"素芭是美丽的，"虽然不会说话，但她却有一双缀着长长睫毛的黑黑的大眼睛"；素芭是善良的，牛栏里的母牛、山羊和小猫，"素芭什么时候爱抚它们，斥责它们，哄劝它们，对这一切它们比人还了解得深切"；素芭又是多情的，"她用各种方法向他表示，她在这个世界上也并不是一个毫无用处的人"。但这样一个美丽、善良、多情的少女，却有着不幸的人生。她的结局是什么？作者并没有点明，但从疼爱她的父亲的泪水中，我们不难猜想。

  泰戈尔的短篇小说中有一种伟大的情怀，那就是同情弱者，关爱弱者，帮助弱者。在种姓制度以及宗教戒律的双层束缚下，印度妇女尤其是中下层妇女普遍地位低下，命运悲惨，泰戈尔对此寄予了深刻的同情。